Faguo
Yishu Gequ Zi Dui Zi Yici

法国艺术歌曲字对字译词

◎赵庆闰　　李维渤　　编译

中央音乐学院出版社
CENTRAL CONSERVATORY OF MUSIC PRESS

·北京·

图书在版编目（CIP）数据

法国艺术歌曲字对字译词/赵庆闰，李维渤编译. —北京：中央音乐学院出版社，2006.6（2025.2 重印）

ISBN 978－7－81096－163－9

Ⅰ.法... Ⅱ.①赵...②李... Ⅲ.艺术歌曲—歌词—作品集—法国 Ⅳ.I565.2

中国版本图书馆 CIP 数据核字 （2006） 第 070248 号

法国艺术歌曲字对字译词　　　　　　　　　　　　　赵庆闰　李维渤编译

出版发行：中央音乐学院出版社

经　　销：新华书店

开　　本：787×1092 毫米　16 开　　印张：10.25

印　　刷：三河市金兆印刷装订有限公司

版　　次：2006 年 7 月第 1 版　　印次：2025 年 2 月第 4 次印刷

书　　号：ISBN 978－7－81096－163－9

定　　价：108.00 元

中央音乐学院出版社　　北京市西城区鲍家街 43 号　　邮编：100031
发行部：（010）66418248　　66415711（传真）

译 者 的 话

从 18 世纪开始，作曲家们为伟大诗人的诗谱曲，音乐由诗、人声和器乐伴奏（通常为钢琴）组成。这种乐曲的特点是：音乐为诗服务，歌曲作为整体的目的是突出诗的美，音乐的形式也逐渐从节段体发展成为通贯的创作歌曲，人们把这种歌曲称之为艺术歌曲。要唱好艺术歌曲也和唱歌剧咏叹调一样，需要懂得歌词的内容。本教材对 109 首法国艺术歌曲进行了译释，希望对歌唱家能提供一定的帮助。

有一点需要有说明：有些法国作曲家为一个诗人的同一首诗谱写了不同的旋律，但都被歌唱家们选唱。对于同一诗词的不同音乐版本，本书不再重复翻译，只在最先出现的歌词后，以及在后出现的标题下作出注释，以方便读者查阅。

这 109 首歌曲是按作曲家姓名的字母顺序排列的。

目　　录

Flégier（1846—1927）弗莱吉埃

Franck（1822—1890）弗朗克

V

Chère Nuit
可 爱 的 夜

Voici l'heure bientôt Derrière la colline
这里是[-]时刻 不久 在… [-]小丘…后面
(那时刻很快就要来到,在小山丘后面,

Je vois le soleil qui décline
我 看见 [-]太阳 [-] 下落
(我看到太阳西下

Et cache ses rayons jaloux.
并 遮掩 它的 光芒 珍惜的。
并遮掩它那不愿失去的光芒。)

J'entends chanter l'âme des choses
我 听见 歌唱 [-]心灵[-]事物(大自然)
(我听见大自然的心灵在歌唱

Et les narcisses et les roses
还有[-] 水仙 和 [-] 玫瑰
(还有水仙和玫瑰

M'apportent des parfums plus doux!
给我 带来 [-] 芳香 更 美妙的!
给我带来更美妙的芳香!)

Chère nuit aux clartés sereines,
可爱的 夜 以 光 宁静的,
(充满宁静之光的可爱的夜,

Toi qui ramènes le tendre amant.
你 (夜) 带回 [-]温柔的 情人。
带回温柔情人的夜。)

Ah! descends et voile la terre
啊! 下落 并 掩盖[-]大地
(啊! 用你那平静而可爱的奥秘

De ton mystère, calme et charmant.
以 你的 奥秘, 平静的 和 可爱的。
降落下来笼罩大地。)

Mon bonheur renaît sous ton aile,
我的 幸福 再生 在… 你的 翅膀…之下,
(我的幸福在你的羽翼下再生,)

O nuit plus belle que les beaux jours:
噢 夜 更 美的 比 [-] 美丽的 白日:
(噢,比美丽的白日更美的夜:)

Ah! lève - toi! Pour faire encore
啊! 升起来! 为了 招致 再一次
(啊,升起来吧! 为了再次引来

Briller l'aurore de mes amours!
照亮 [-]曙光 …的 我的 爱情!
照亮我爱情的曙光!)

Berlioz
柏辽兹

Les Nuits d'Été
夏　夜

1. Villanelle
田　园　歌

Quand viendra la saison nouvelle, Quand auront disparu les froids,
当…　　将来到　[-]　季节　新的…时，　当…　　将要　　消失　[-]寒冷…时，
(当寒冬过去、春天来临时,)

Tous les deux nous irons, ma belle, Pour cueillir le muguet aux bois.
两人　　一起　　我们　将去，我的　美人，　为　采摘　[-]　铃兰花　在…树林中。
(我们两人,我的美人,一起到树林里去采铃兰花。)

Sous nos pieds égrénant les perles Que l'on voit au matin trembler,
在…　我们的　脚下散落着颗粒　[-]　　珠子　[珠子]　[-]人看见　在…　清晨　　抖动的,
(我们的脚下布满清晨闪烁的露珠,)

Nous irons écouter les merles Siffler.
我们　　去　听见　[-]　乌鸦　　鸣叫。
(我们听见了乌鸦的鸣叫。)

Le printemps est venu ma belle, C'est le mois des amants béni;
[-]　春天　　是　来到　我的　美人，这是　[-]　月　…的　情人们　幸福的;
(我的美人,春天来啦,这是幸福的情人们的季节;)

Et l'oiseau satinant son aile, Dit ses vers au rebord du nid.
并 [-]鸟儿　　整理　它的　翅膀，说 它们的 诗句　在　　边缘　…的　巢。
(鸟儿梳整羽毛,在巢边唱起情歌。)

Oh! Viens donc sur ce banc de mousse Pour parler de nos beaux amours,
噢!　你来　那么　在…这 长凳…上以　鲜苔　为　　述说 关于我们的美好的　爱情，
(噢!　请你坐到这生苔的长凳上,并用你那向来温柔的声音

Et dis-moi de ta voix si douce toujours.
并　对我说　以　你的　嗓音如此　温柔的　　总是。
向我述说爱情。)

♪ 3 ♪

Loin, bien loin égarant nos courses, Faisons fuir le lapin caché,
远， 很 远 迷路 我们的 行程， 我们使 逃跑［-］兔 藏匿的，
(我们走了很远、很远,惊动了藏匿的兔子,)

Et le daim, au miroir des sources Admirant son grand bois penché;
而 ［-］黄鹿, 对着 镜子 …的 泉水 对…感到惊讶它的 大的 鹿角 倾斜的;
(而黄鹿在好奇地看着泉水里映出的倾斜的大鹿角;)

Puis chez nous, tout heureux, tout aises, En paniers enlacant nos doigts.
然后 到…我们…家, 非常 幸福, 非常 满足, 以 一筐 缠绕着 我们的 手指,
(然后我们幸福而满足地带回了满筐的

Revenons, rapportant des fraises des bois!
我们回来, 带回来 以 草莓 …的 树林!
林中草莓!)

2. Le Spectre de la Rose
玫瑰花的幽灵

Soulève ta paupiére close Qu'effleure un songe virginal!
抬起 你的 眼睑 关闭的 (眼睑)提及 一个 梦 纯洁的!
(睁开你那刚做完一个纯洁的梦的眼睛!)

Je suis le spectre d'une rose, Que tu portais hier au bal.
我 是 ［-］幽灵 …的一朵玫瑰花, ［花］你 曾戴 昨天 上［-］舞会。
(我是你昨天戴着参加舞会的那朵玫瑰花的幽灵。)

Tu me pris encore emperlée Des pleurs d'argent de l'arrosoir.
你 把我 戴 仍 布满水珠 以 泪水 银光闪闪的 …的[-]喷水壶。
(你把我戴上时,我还是刚刚被浇过、布满着银光闪闪的水珠。)

Et parmi la fête étoilée, Tu me promenas tout le soir.
而 在…间 ［-］宴会 布满星星的,你 戴我 遛达 整个 ［-］晚上。
(你整晚戴着我在晚宴上踱来踱去。)

O toi qui de ma mort fus cause, Sans que tu puisses le chasser,
噢 你 ［你］以 我的 死亡 是 起因, 没有 你 能够 ［死亡］驱赶,
(噢是你使我死去,你也没能把死亡赶走,)

Toutes les nuits mon spectre rose A ton chevet viendra danser;
整个 ［-］夜晚 我的 幽灵 玫瑰花 在 你的 枕边 来 跳舞;
(我的玫瑰幽灵将来到你的枕边跳舞;)

Mais ne crains rien, je ne réclâme Ni messe ni De Profundis,
但 不 害怕 没有, 我 不 恳求 既不 弥撒 也不 去 深处,
(但不要害怕,我既不祈求弥撒也不求深埋,)

Ce léger parfum est mon âme Et j'arrive du paradis.
这 清淡的 香气 是 我的 灵魂 并 我 来 自 天堂。
(这清淡的香味是我的灵魂,而且我来自天堂。)

Mon destin fut digne d'envie, Et pour avoir un sort si beau,
我的 命运 是 值得… 羡慕…的, 而 为了 得到 一个 境遇 如此美好的,
(我的命运值得羡慕,因为得到了如此美好的境遇,)

Plus d'un aurait donné sa vie; Car sur ton sein j'ai mon tombeau,
更多 比一个 已经 献出 它的 生命;因为 在…你的胸…上 我有 我的 陵墓,
(有更多的玫瑰已经献出了生命;而我的坟墓在你的心中,)

Et sur l'albatre où je repose Un poète avec un baiser Ecrivit:
而且在…[-]大理石[那里]我 安息 一个 诗人 用 一个 吻 曾写:
(在我安息的大理石上,一位诗人用吻写道:)

"Cigît une rose, Que tous les rois vont jalouser".
"长眠于此一朵玫瑰,[玫瑰]所有 [-] 国王 去 嫉妒。"
(这里长眠着一朵玫瑰,所有的国王都会羡慕的。)

3.Sur les Lagunes (Lamento)
在环礁湖上 (哀歌)

Ma belle amie est morte, Je pleurerai toujours;
我的美丽的 情人 已 死, 我 将哭泣 永远;
(我美丽的情人已死去,我为之整天哭泣;)

Sous la tombe elle emporte Mon âme et mes amours.
在… [-]坟墓…下 她 带走 我的 心灵 和 我的 爱情。
(她把我的心和爱带进了坟墓。)

Dans le ciel, sans m'attendre, Elle s'en retourna;
在… [-]天空…中, 不 把我 等待, 她 离开;
(在天空中,她没有等我就离开了;)

L'ange qui l'emmena Ne voulut pas me prendre.
[-]天使 [天使][她]带走 不 愿意 [-] 把我 接纳。
(带走她的天使不愿接纳我。)

Que mon sort est âmer! Ah! sans amour s'en aller sur la mer!
多么 我的 命运 是 悲伤的! 啊! 没有 爱情 去世 在…[-] 海…上!
(我的命运多么悲惨! 啊! 没有爱情就到海上去死吧!)

La blanche créature Est couchée au cercueil;
[-]白色的 人 是 使睡下 在[-] 棺材;
(那死者被安放在棺材里;)

Comme dans la nature Tout me parait en deuil!
象 在… [-]大自然中 一切 对我 仿佛 戴孝!
(我感觉整个大自然在为她哀悼!)

La colombe oubliée Pleure et songe à l'absent;
[-] 鸽子 被忘却的 哭泣 和 做梦 对 [-]不在的人;
(被忘却的鸽子为失去的人哭泣;)

Mon âme pleure et sent Qu'elle dépareillée.
我的 心灵 哭泣 和 感觉 [-] 她 不齐全的。
(我心哭泣并感觉她支离破碎。)

Que mon sort est âmer! Ah! sans amour s'en aller sur la mer!
多么 我的 命运 是 悲伤的! 啊! 没有 爱情 去世 在…[-] 海上!
(我的命运多么悲惨! 啊! 没有爱情就到海上去死吧!)

Sur moi La nuit immense S'étend comme un linceul;
在…我…上[-] 夜 无边的 展开 像 一个 裹尸布;
(无边的夜空像一块裹尸布展开在我头上;)

Je chante ma romance Que le ciel entend seul.
我 唱 我的 浪漫曲 [浪漫曲][-]上天 听到 单独的。
(只有老天听见我唱的浪漫曲。)

Ah! comme elle était belle, Et comme je l'aimais!
啊! 多么 她 是 美丽, 并 多么 我 [她] 爱!
(啊! 她是那样美,而我多么爱她!)

Je n'aimerai jamais Une femme autant qu'elle.
我 不 将爱 永远 一个 女人 同样 [于] 她。
(我再也不会爱一个与她相像的女人。)

♪ 6 ♪

Que mon sort est âmer! Ah! sans amour s'en aller sur la mer!
多么 我的 命运 是 悲伤的! 啊! 没有 爱情 去世 在…［-］海…上!
(我的命运多么悲惨! 啊! 没有爱情就到海上去死吧!)

4. Absence
分　离

Reviens, ma bien - aimée! Comme une fleur loin du soleil,
回来吧, 我的 心爱的人! 像 一朵 鲜花 远离 从 太阳,
(回来吧,我心爱的人! 像一朵远离太阳的鲜花,)

La fleur de ma vie est fermée Loin de ton sourire vermeil.
［-］花 …的 我的 生命 已 关闭 远离 从 你的 微笑 朱红的。
(远离了你那宝石般的微笑,我的生命之花已经凋谢。)

Entre nos coeurs quelle distance! Tant d'espace entre nos baisers!
在…我们的心…之间 什么样的 距离! 那么多［-］空间 在…我们的吻…之间!
(我们的心相距如此之远! 我们的吻隔着遥远的空间!)

O sort amer! ô dure absence! O grands desirs inapaisés!
噢 命运 悲伤的! 噢 冷酷的 分离! 噢 强烈的 愿望 不能平息的!
(噢,悲惨的命运! 噢,冷酷的分离! 噢,难以平息的强烈愿望!)

Reviens, ma bien - aimée! Comme une fleur loin du soleil,
回来吧, 我的 心爱的人! 像 一朵 鲜花 远离 从 太阳,
(回来吧,我心爱的人! 像一朵远离太阳的鲜花,)

La fleur de ma vie est fermée Loin de ton sourire vermeil.
［-］花 …的 我的 生命 已 关闭 远离 从 你的 微笑 朱红的。
(远离了你那宝石般的微笑,我的生命之花已经凋谢。)

D'ici là-bas que de campagnes, Que de villes et de hâmeaux,
从这儿到那儿 如此多的 田野, 如此多的 城市 和…的 小村庄,
(彼此之间隔着如此多的田野、城市和村庄、)

Que de vallons et de montagnes, A lasser le pied des chevaux!
多少 …的 小山谷 和…的 高山, 已 使疲劳［-］脚［那些］ 马!
(如此多的峡谷和高山,以致那些马都疲惫了!)

5. Au Cimetière(Clair de Lune)
在墓地(月光)

Connaissez-vous   la   blanche   tombe,
知道   您   [-] 白色的   坟墓,
(您可知道那白色的坟墓,)

Où   flotte   avec   un   son   plaintif   L'ombre   d'un   if?
在那里飘浮 带有 一个 声音 哀怨的 [-] 阴影 …的一棵紫杉?
(那里,在一颗紫杉的树荫中飘出一阵哀怨的声音?)

Sur   l'if   une   pâle   colombe,
在…[-]紫杉…上一只苍白的   鸽子,
(一只苍白的鸽子在紫杉上,)

Triste   et   seule   au   soleil   couchant,   Chante   son   chant:
悲伤地 和 孤独地 向[-]   夕阳,   唱   它的   歌:
(悲伤而孤独地对着夕阳唱它的歌:)

Un   air   maladivement   tendre,   A   la   fois   charmant   et   fatal,
一首曲调   虚弱地   温情的,   同时   迷人的   和 不幸的,
(一首柔弱温情的、既迷人又不幸的曲调,)

Qui   vous   fait   mal   Et   qu'on   voudrait   toujours   entendre;
[曲调]对您 使 不适 而 [-] 人们   愿意   总是   听;
(这歌会使您不愉快,但有人却愿意总能听见它;)

Un   air   comme   en   soupire   aux   cieux   L'ange   amoureux.
一首曲调   像   叹息着   从[-] 天空 [-]天使   多情的。
(像多情的天使从天上唱出的悲歌。)

On   dirait   que   l'âme   éveillée   Pleure   sous   terre   à   l'unisson   De   la   chanson,
人们 说 [-] [-]心灵 被唤醒的   哭   在… 地下 齐唱   …的 [-]   歌曲,
(人们会说这是被唤醒的心灵在九泉之下与这歌曲齐声哭泣,)

Et   du   malheur   d'être   oubliée   Se   plaint   dans   un   roucoulement   Bien   doucement.
和 从 不幸的人 被 遗忘的   呻吟   在… 一阵 咕咕声…下 非常   温柔地。
(以及被遗忘的死者非常温柔地在一阵咕咕声下呻吟。)

♪ 8 ♪

Sur les ailes de la musique On sent lentement revenir Un souvenir.
在…上[-]翅膀 …的 [-] 音乐 人们 感到 渐渐地 重现 一个 回忆。
(乘着音乐的翅膀使人逐渐感到往事的重现。)

Une ombre, une forme angélique,
一个 人影儿, 一个 身影 天使般的,
(一个人影儿,一个天使般的身影,)

Passe dans un rayon tremblant En voile blanc.
经过 在… 一线 光芒下 抖动下 以 面纱 白色的。
(戴着白色的面纱在颤动的光芒下掠过。)

Les belles de nuit demi-closes
[-] 美 …的 夜晚 半闭的
(傍晚的美景)

Jettent leur parfum faible et doux Autour de vous,
发出 它们的 芳香 微弱的 和 美妙的 在… [-] 您的…周围,
(在您周围散发出微弱而美妙的芳香,)

Et le fantome aux molles poses Murmure
而 [-] 幽灵 以[-]柔弱 放置 悄悄说话声
(而那柔弱的幽灵向您伸着双臂)

en vous tendant les bras: Tu reviendras!
对 您 伸展着 [-]臂膀: 你 回来吧!
(悄悄地说:你回来吧!)

Oh! jamais plus, près de la tombe,
噢! 再不, 靠近于 [-] 坟墓,
(噢! 当暮色降临时,)

Je n'irai, quand descend le soir Au manteau noir,
我 不将来, 当…时 落下 [-]夜晚 以 遮盖物 黑色的,
(我再也不会到坟墓前

Ecouter la pâle colombe Chanter sur la pointe de l'if Son chant plaintif.
听 [-]苍白的 鸽子 唱 在…[-] 梢上 …的 [-]紫杉它的 歌 哀怨的。
(来听紫杉树梢上苍白的鸽子唱它哀怨的歌。)

6. L'Île inconnue
无 名 岛

Dites, la jeune belle, où voulez-vous aller?
你说, [-] 年轻的 美人, 哪里 愿意 您 去?
(说吧,年轻的美人,您愿到哪里去?)

La voile enfle son aile, La brise va souffler.
[-] 帆 鼓起 它的 翅膀, [-] 微风 将要 吹。
(船帆鼓起,风将吹起。)

L'aviron est d'ivoire, Le pavillon de moire, Le gouvernail d'or fin;
[-] 桨 是 象牙色的, [-] 旗帜 波纹的 [-] 舵 金色的精美的;
(象牙色的桨、飘扬的旗帜、精美的金色船舵;)

J'ai pour lest une orange, Pour voile une aile d'ange,
我已 为 压舱 一个 桔柑, 为 扬帆航行一个 翅膀 …的天使,
(我用柑桔压舱,用天使的翅膀扬帆,)

Pour mousse un séraphin.
为 小水手 一个 六翼天使。
(用六翼天使作水手。)

Dites, la jeune belle, Où voulez-vous aller?
你说, [-] 年轻的 美人, 哪里 愿意 您 去?
(说吧,年轻的美人,您愿上哪里去?)

La voile enfle son aile, La brise va souffler.
[-] 帆 鼓起 它的 翅膀, [-] 微风 将要 吹。
(船帆鼓起,风将吹起。)

Est-ce dans la Baltique? Dans la mer Pacifique?
是 这 下到 [-] 波罗的海? 下到 [-] 海 太平洋?
(是去波罗的海吗? 去太平洋吗?)

Dans l'île de Java? Ou bien est-ce en Norvège,
下到 [-]岛 …的 爪哇? 或者 更好 是 这 去 挪威,
(去爪哇岛吗? 还是更愿去挪威,)

Cueillir la fleur de neige, Ou la fleur d'Angsoka?
采摘 [-] 花 雪白的, 或者 [-] 花 安索卡的?
(采摘白雪花或安索卡花?)

Dites, la jeune belle, dites, où voulez-vous aller?
你说, ﹝-﹞年轻的 美人, 你说, 哪里 愿意 您 去?
(说吧,年轻的美人,说吧,您愿上哪里去?)

Menez-moi, dit la belle, A la rive fidèle Où l'on aime toujours!
带领 我, 说 ﹝-﹞美人, 去 ﹝-﹞河畔 忠诚的 那里 ﹝-﹞人们 爱 永远!
(美人说,带我到那个人们永远相爱的永恒不变的河畔!)

Cette rive, ma chère, On ne la connaît guèrre Au pays des amours.
这 河畔, 我的 亲爱的, 人们 不 ﹝-﹞ 知道 战争 在﹝-﹞故乡 …的 爱。
(我亲爱的,在这河畔,爱的故乡,人们不知道战争。)

Bizet
比才

Ouvre ton Coeur
敞开你的心房

La marguerite a fermé sa corolle,
[-] 雏菊 已 合拢 它的 花冠,
(雏菊已闭上它的花冠,)

L'ombre a fermé les yeux du jour.
[-] 树阴 已 合拢 [-] 眼睛 …的 白日。
(树阴已合上白日的眼睛。)

Belle, me tiendras-tu parole?
美人, 对我 将信守 你 诺言?
(美人,你能对我信守诺言吗?)

Ouvre ton coeur à mon amour,
打开 你的 心房 向 我的 爱情,
(向我的爱打开你的心房,)

O jeune ange, à ma flamme,
噢 年轻的 天使, 向 我的 热情,
(噢小天使,向我的热情,)

Qu'un rêve charme ton sommeil,
愿一个 梦 迷住 你的 睡眠,
(愿你在睡眠中做个美梦,)

Je veux reprendre mon âme,
我 愿 夺回 我的 灵魂,
(我愿夺回我的灵魂,)

Ouvre ton coeur, ô jeune ange, à ma flamme,
打开 你的 心房, 噢 年轻的 天使, 向 我的 热情,
(噢小天使,向我的热情打开你的心房,)

Comme une fleur s'ouvre au soleil!
像 一朵 花 开放 向[-] 太阳!
(像花儿向太阳开放一样!)

Chausson
肖松

Les papillons
蝴　　蝶

Les papillons couleur de neige Volent par essaims sur la mer;
[-]　蝴蝶　　颜色　…的　雪　　飞行　以　　大群　在…［-]海…上;
(雪白的蝴蝶成群飞舞在海面上;)

Beaux papillons blancs,
美丽的　　蝴蝶　　白色的,
(美丽的白色蝴蝶,)

Quand pourrai-je prendre le bleu chemin de l'air!
何时　　将能够我　取得　　[-]蓝色的　道路　…的　[-]天空!
(我何时能走上空中蓝色的路!)

Savez-vous, ô belle des belles, Ma bayadère aux yeux de jais,
知道　您吗,　噢美　…的　美,　我的　舞蹈女郎　具有　眼睛…的　墨玉,
(您知道吗? 噢,我那美丽的乌黑眼睛的舞蹈女郎,)

S'ils　　me voulaient prêter leurs ailes,
如果它们 对我　愿意　　出借　它们的　翅膀,
(如果它们愿意把翅膀借给我,)

Dites, savez-vous où j'irais?
说,　知道　您　哪里　我将去?
(您知道我将去哪里吗?)

Sans prendre un seul baiser aux roses,
不　　取　　一个　单独的　吻　从[-]玫瑰花,
(我不会从玫瑰花那里偷取一个吻,)

A travers vallons et forêts J'irais à vos lèvres mi-closes,
穿过　　　山谷　和　森林　我将去　到　您的　嘴唇　半关的,
(我愿穿过山谷和森林飞向您那半闭的嘴唇,)

Fleur de mon âme, et j'y mourrais.
花　　…的　我的　心灵,　并 我在那里 将死去。
(我心灵的花朵,我愿在那里死去。)

♪ 13 ♪

Chausson
肖松

Le Temps des Lilas
丁香花的季节

Le temps des lilas et le temps des roses
[-] 时节 …的 丁香 和 [-] 时节 …的 玫瑰
(丁香花和玫瑰花的季节

Ne reviendra plus à ce printemps-ci;
不 将回来 再 在这个 春天 这里;
(今年春天不会再回来;)

Le temps des lilas et le temps des roses
[-] 时节 …的 丁香 和 [-] 时节 …的 玫瑰
(丁香花和玫瑰花季节已过去,)

Est passé, le temps des oeillets aussi.
已 过去, [-] 时节 …的 石竹 同样地。
(石竹季节也过去了。)

Le vent a changé, les cieux sont moroses,
[-] 风 已 变, [-] 天空 是 阴沉的,
(风向已变,天空阴沉,)

Et nous n'irons plus courir, et cueillir
而 我们 不 将去 再 奔跑, 并 采摘
(而我们不再会跑来跑去,去采摘

Les lilas en fleur et les belles roses;
[-] 丁香 盛开的 和 [-] 美丽的 玫瑰;
(盛开的丁香花和美丽的玫瑰花;)

Le printemps est triste et ne peut fleurir.
[-] 春天 是 忧郁的 并 不 能 开花。
(忧郁的春天再不会开花。)

Oh! joyeux et doux printemps de l'année,
哦! 愉快的 和 迷人的 春天 …的 [-]一年,
(哦! 一年内愉快而迷人的春天,)

Qui vins, l'an passé, nous ensoleiller;
[它]曾来到,[-]年 过去的, 我们　使生辉;
(去年,它曾来过,使我们欢乐;)

Notre fleur d'amour est si bien fanée,
我们的 花 … 的爱情 是 这样地 枯萎,
(我们的爱情之花已完全地枯萎,)

Las! que ton baiser ne peut l'éveiller!
唉! [以致]你的 吻 不 能 把它 唤醒!
(唉! 以致你的吻都不能把它唤醒!)

Et toi, que fais-tu? pas de fleurs écloses,
而 你, 什么 做你? 再没有 花 开放,
(而你,你怎么办? 再没有盛开的花朵,)

Point de gai soleil ni d'ombrâges frais;
没有 …的 愉快的 阳光 也没有[-] 绿阴 凉爽的;
(既没有愉快的阳光,也没有凉爽的绿阴;)

Le temps des lilas et le temps des roses
[-] 时节 …的丁香 和 [-] 时节 …的 玫瑰
(丁香花季节和玫瑰花季节

Avec notre amour est mort à jamais.
和… 我们的爱情…一起 已 死去 永远地。
(已和我们的爱情一起永远消失。)

Debussy
德彪西

Beau Soir
美丽的黄昏

Lorsque au soleil couchant les rivières sont roses,
当… 在[-]太阳 落下时 [-] 河流 是 粉红色的,
(当太阳落山时,河水呈现红色,)

Et qu'un tiède frisson court sur les champs de blè,
并 [-]一阵 温和的 颤动 掠过 在… [-] 田野 …的 麦之上,
(和风从麦田上掠过,)

Un conseil d'être heureux semble sortir des choses
一个 劝告 [-]是 幸福的 好似 出自 [-]事物(大自然)
(大自然似乎邀请我们分享幸福)

Et monter vers le coeur troublé,
并 爬上 向 [-] 心 困扰的,
(并爬上困扰的心头,)

Un conseil de goûter le charme d'être au monde,
一个 劝告 [以] 享受 [-] 魅力 …的生存 于 人间,
(邀请人们享受人生的乐趣,)

Cependant qu'on est jeune et que le soir est beau,
当… 人们 是 年轻的 和 [当][-]黄昏 是 美丽的…时候,
(当人们是那样年轻、黄昏是那样美丽的时候,)

Car nous nous en allons, Comme s'en va cette onde;
因为 我们 自行消失, 像 消失 这条 河;
(因为我们会消失,就像这条河消失一样;)

Elle à la mer, Nous au tombeau.
她(河)向 [-]大海, 我们 向[-] 坟墓。
(河水流向大海,我们走向坟墓。)

♪ 16 ♪

Debussy
德彪西

C'est l'Extase
神　往

C'est l'extase langoureuse C'est la fatigue amoureuse
这是 [-]神往　无精打采的　这是 [-]　疲劳　多情的
(无精打采的神往,多情的疲劳,)

C'est tous les frissons des bois Parmi l'étreinte des brises.
这是　所有　[-]　簌簌声…的　树林　在…　[-]搂抱　…的 微风…中。
(这是在微风环抱中树林发出的簌簌声。)

C'est, vers les ramures grises, Le choeur des petites voix.
这是,　接近　[-]　枝叶　暗淡的,[-]　合唱　…的　小的　声音。
(这是在暗淡的树丛中,那些轻声的合唱。)

O le frêle et frais murmure Cela gazouille et susurre,
噢 [-]微弱的 和 清新的 低沉声音　它　潺潺作响 并 簌簌作响,
(噢,微弱而清新的低沉声音,它潺潺簌簌作响,)

Cela ressemble au cri doux Que l'herbe agitée expire.
它　好似　[-]呼唤 轻柔的[呼唤][-]草地 动荡的　发出。
(它好像是动荡的草丛发出的轻柔呼唤。)

Tu dirais, sous l'eau qui vire, Le roulis sourd des cailloux.
你　将说,　在…　[-]水 [-]旋转…下,[-]摇摆　隐约的 …的　卵石。
(好像是,在旋转的溪水下卵石隐约的摆动。)

Cette âme qui se lamente En cette plainte dormante
这颗　心灵　[它]　哀叹　　以　这　呻吟　静止的
(在静止的呻吟中哀叹着的这颗心灵

C'est la nôtre, n'est-ce pas? La mienne, dis, et la tienne
这是　[-]我们的,　这不是　吗?　[心] 我的,　你说,和 [心] 你的
(是我们的心灵,不是吗? 你说,是我的心,也是你的心,)

Dont s'exhale l'humble antienne Par ce tiède soir, tout bas.
从那里　发出　[-]谦卑的 赞美圣母歌 通过 这 柔和的 夜晚,　很　轻的。
(从那里,心灵深处,穿过柔和的夜空, 轻声地发出谦卑的赞歌。)

Debussy
德彪西

Chevaux de Bois
旋 转 木 马

Tournez, tournez, bons chevaux de bois
你们转,   转,   好的   马   …的 木制品
(转吧,转吧,好木马,)

Tournez cent tours, tournez mille tours
  转   一百 圈,   转   一千 圈
(转一百圈,转一千圈,)

Tournez souvent et tournez toujours Tournez tournez au son des hautbois.
  转   常常地 并 转   永远地   转   转   随着 声音 …的 双簧管。
(经常地转,不停地转,随着双簧管的曲调转。)

L'enfant tout rouge et la mère blanche Le gars en noir et la fille en rose
[-]孩子 全 红色的 和 [-] 母亲 白色的 [-] 小伙子 穿 黑 和 [-] 姑娘 穿 玫瑰红的
(满脸通红的孩子、苍白的母亲、穿黑的小伙子、穿红的姑娘、)

L'une à la chose et l'autre à la pose,
[-]一个在 [-] 现实   而 [-]另一个在 [-] 装模作样,
(一个姑娘自然、另一个则装模作样,)

Chacun se paie un sou de dimanche.
每人   自己 支付 一个 苏 为了   星期日。
(人人为过星期日要花一点钱。)

Tournez, tournez, chevaux de leur coeur,
  转,   转,   马   …的 他们的 心,
(转吧,转吧,他们心中的马,)

Tandis qu'autour de tous vos tournois
    当…   围绕着   所有 你们的 竞赛…时
(当你们竞赛的时候)

Clignote l'oeil du filou sournois Tournez au son du piston vainqueur!
眨个不停[-]眼睛…的 作弊者 阴险的   转   随着 声音 …的 铜管乐 优胜者!
(阴险的作弊者眨着眼睛,随着优胜者的号角声转吧!)

♪ 18 ♪

C'est étonnant comme sa vous soûle D'aller ainsi dans ce cirque bête:
这是 惊人的 象 这样 使你们 陶醉 [-]去 如此 在… 这 竞技场 愚蠢的…中:
(真是怪事,就这样到这个愚蠢的竞技场去会使你们如此陶醉:)

Rien dans le ventre et mal dans la tête,
没有东西 在…[-] 腹中 并 疼痛 在… [-]头…中,
(腹中空空,头脑疼痛,)

Du mal en masse et du bien en foule.
[-]坏事 大批的 和 [-] 好事 大量的。
(有大批的坏事也有大量的好事。)

Tournez, dadas, sans qu'il soit besoin D'user jamais de nuls éperons
转, 哒哒, 没有 [-] 那里 需要 [-]用 从来 …的毫无 马刺
(转吧,哒哒,那里从来不必使用任何马刺)

Pour commander à vos galops ronds.
为了 指挥 对 你们的 奔驰 圆形的。
(来指挥你们的圆形奔驰。)

Tournez, tournez, sans espoir de foin Et dépêchez, chevaux de leur âme
转, 转, 没有 希望 于 干草而 急遭, 马 …的 他们的 心灵,
(转吧,不用干草就能快跑,他们心灵中的马,)

Déjà voici que sonne à la soupeLà nuit qui tombe et chasse la troupe
已经 在这里 [-] 敲响 去 [-] 浓汤 [-] 夜 [夜]来临 并 驱赶 [-] 人群
(晚餐的钟声已敲响,夜已来临并驱赶

De gais buveurs que leur soif affame.
[以]有些放荡的 酒徒 [-] 他们的 渴 使饥饿。
(那些贪婪的放荡的酒徒们。)

Tournez, tournez! Le ciel en velours D'astres en or se vêt lentement,
转, 转! [-] 天空 戴着 天鹅绒 [-] 星星 戴着 金色 穿衣 逐渐地,
(转吧! 天鹅绒的天空逐渐披上金色的星星,)

L'Eglise tinte un glas tristement.
[-]教堂 敲 一下 丧钟 忧郁地。
(教堂忧郁地敲起了丧钟。)

tournez au son joyeux des tambours, tournez.
转 随着 声音 愉快的 …的 鼓, 转。
(随着愉快的鼓声,转吧。)

Debussy
德彪西

Clair de Lune①
月　光

Votre　âme　est　un　paysâge　choisi,
您的　心灵　是一幅　风景画　杰出的,
(您的心灵是一幅优美的风景画,)

Que　vont　charmant　masques　et　bergamasques
[它]　去　使迷人　假面具　和 贝加摩舞(18世纪流行的一种舞蹈)
(它使拨弄着诗琴和跳着假面舞的人们

Jouant　du　luth　et　dansant,　et　quasi
玩弄　[-]　诗琴　和　跳舞,　并　几乎
(更加迷人,并在

Tristes　sous　leurs　déguisements　fantasques!
忧伤的　在… 他们的　掩饰　古怪的…之下!
(他们古怪的掩饰下显得有点忧伤!)

Tout　en　chantant,　sur　le　mode　mineur,
一切　在　唱着歌,　在… [-]　调 小的…之上,
(当用小调唱着）

L'amour　vainqueur　et　la　vie　opportune,
[-]爱情　优胜者的　和　[-]生活　合时宜的,
(关于如意的爱情和安逸的生活时,)

Ils　n'ont　pas　l'air　de　croire　à　leur　bonheur,
他们　没有　[-]气氛 …的 相信 对他们的 幸福,
(他们好象并不相信他们的幸福,)

Et　leur　chanson　se　mêle　au　clair　de　lune!
而 他们的 歌曲　混合　与 光亮 …的 月亮!
(而他们的歌唱与月光交织在一起!)

Au　calme　clair　de　lune,　triste　et　beau,
以 平静的 光亮 …的 月亮, 忧郁的 和 美丽的,
(忧郁而可爱的平静月光)

---

① 福雷亦为此诗谱曲。

Qui fait rêver les oiseaux dans les arbres,
［月光］使 做梦 ［-］ 鸟 在… ［-］树林…之中,
(使林中的鸟儿做梦,)

Et sangloter d'extase les jets d'eau,
并 呜咽 以 心醉 ［-］ 喷泉,
(并使喷泉醉心地哭泣,)

Les grands jets d'eau sveltes parmi les marbres!
［-］ 巨大的 喷泉 细长的 在… ［-］大理石雕像…之间!
(那些大理石雕像间巨大而细长的喷泉!)

Debussy
德彪西

De Fleurs (Prose Lyriques)
花
(散文抒情诗)

Dans l'ennui si désolément vert de la serre de douleur,
在… [-] 烦恼 如此 沉闷地 绿色的…的[-] 暖房 …的 忧郁…中,
(在如此沉闷而烦人的绿色暖房的忧郁中,)

Les fleurs enlacent mon coeur de leurs tiges méchantes.
[-] 花 缠住 我的 心 以 它们的 花梗 讨厌的。
(讨厌的花梗纠缠我的心。)

Ah! quand reviendront autour de ma tête
啊! 何时 将再回来 围绕 于 我的 头
(啊! 那双可爱的手何时将再次

les chères mains si tendrement désenlaceuses?
[-] 可爱的 手 如此 温柔地 使开放拥抱?
(那样温柔地拥抱我的头?)

Les grands Iris violets violèrent méchamment tes yeux,
[-] 大的 蝴蝶花 紫色的 违背 恶意地 你的 眼睛,
(紫蝴蝶花无情地揭露你的眼睛,)

en semblant les refléter, Eux, qui furent l'eau du songe
在 外表 它们 反映, 它们, [-] 是 [-]水 …的 梦幻
(好像反映出它们,那双眼睛,梦幻的泪水

où plongèrent mes rêves Si doucement enclos en leur couleur;
在那里 曾沉浸 我的 梦 如此 甜蜜地 被围绕 于…它们的 颜色…中;
(我的梦曾如此甜蜜地沉浸在它们的色彩之中;)

Et les lys, blancs jets d'eau de pistels embaumés,
而 [-]百合花, 白色的 喷泉 …的 雌蕊 充满香气的,
(而百合花,它们充满香味的花蕊,有如白色的喷泉,)

Ont perdu leur grace blanche
已 失去 它们的 优美 洁白的
(没有阳光,已失去它们洁白的优美

Et ne sont plus que pauvres malades sans soleil!
而 不 是 再 只 可怜的 病人 没有 阳光!
(而只剩下可怜的病态!)

Soleil! ami des fleurs mauvaises,
阳光! 朋友 …的 花 不幸的,
(阳光啊! 可怜的花的朋友,)

Tueur de rêves! Tueur d'illusions, ce pain béni
凶手 …的 梦想! 凶手 …的 幻影, 这 面包 神圣的
(梦幻的杀手! 幻想的杀手,)

des âmes misérables! Venez!
…的 心灵 受苦人! 来吧!
(这受苦人心灵的圣坛面包! 请来吧!)

Les mains salvatrices, brisez les vitres de mensonge,
[-] 手 挽救的, 打碎 [-]窗格玻璃 …的 谎言,
(挽救的手,请打碎谎言的玻璃,)

Brisez les vitres de maléfice, mon âme meurt de
打碎 [-]窗格玻璃 …的 邪恶, 我的 心灵 死 于
(请打碎邪恶的玻璃,我的心灵渴望)

trop de soleil! Mirages!
太多 …的 阳光! 幻想!
(太多的阳光! 幻想!)

Plus ne refleurira la joie de mes yeux
再 不 将再开花 [-]喜悦 …的 我的 眼睛
(我眼睛的喜悦不会再开放,)

Et mes mains sont lasses de prier, Mes yeux sont las de pleurer!
和 我的 手 是 疲倦的 …的 祈祷, 我的 眼睛 是 疲倦的…的 哭泣!
(而且我的手疲于祈祷,我的眼睛疲于哭泣!)

Eternellement ce bruit fou des pétales noirs
永远地 这 嘈杂声发狂…的 花瓣 黑色的
(在绿色暖房的忧郁中,这烦恼的黑色花瓣)

de l'ennui tombant goutte à goutte sur ma tête
…的[-]烦恼　　落下　　　一滴又一滴　　　在…我的 头…上
(发出的可怕嘈杂声,)

Dans le vert de la serre de douleur!
在…　　[-]绿色的 …的[-]　　暖房 …的 忧郁…中!
(不停地一片又一片落在我的头上!)

Debussy

德彪西

De Grève (Prose Lyriques)
在 沙 滩 上
(散文抒情诗)

Sur la mer les crépuscules tombent, Soie blanche effilée.
在… [-] 海…上 [-] 暮色 降临, 丝带 白色的 被拆散。
(暮色降临在海面上,白色波浪被冲散。)

Les vagues comme de petites folles jasent, petites filles sortant de l'école,
[-] 海浪 像 [-] 小的 疯子(姑娘) 饶舌, 小的 姑娘们 出来 从 [-]学校,
(海浪像吱吱喳喳放学回家的小姑娘,)

Parmi les frou-frous de leur robes, Soie verte irisée!
在… [-] 簌簌声 …的 她们的连衣裙…中,丝绸 绿色 发出虹色的!
(在她们的衣裙发出的簌簌声中,闪着虹彩的绿色丝绸!)

Les nuages, graves voyageurs, Se concertant sur le prochain orage,
[-] 云彩, 严肃的 游人们, 共同商议 关于 [-] 下一次的 暴风雨,
(那云彩,严肃的游人们,在议论将要来临的暴风雨,)

Et c'est un fond vraiment trop grave à cette anglaise aquarelle.
而 这是 一个 背景 真的 太 重的 对于这个 英国的 水彩画。
(而对于这幅英国式的水彩画,背景确实太重了。)

Les vagues, les petites vagues, Ne savent plus où se mettre,
[-] 海浪, [-] 小的 海浪, 不 知道 再 何处 置身于,
(那些海浪,那些小海浪,再不知道去哪里,)

Car voici la méchante averse, Frou-frous de jupes envolées, Soie verte affolée.
因为 这里是[-] 恶劣的 暴雨, 簌簌声 …的 裙 飞起的, 丝绸 绿色 慌乱的。
(因为讨厌的暴雨将要降临,吹起的裙子发出簌簌声,乱糟糟的绿色丝绸。)

Mais la lune, compatissante à tous!
但是 [-]月亮, 有同情心的 对 所有人!
(但是那月亮,充满同情,)

Vient apaiser ce gris conflit Et caresse lentement ses petites amies
来 平息 这 阴沉的 冲突 并 使感到满意 缓慢地 它的 小的 朋友们
(来平息这场阴沉的冲突并缓慢地抚慰它的小朋友们,)

qui s'offrent comme lèvres aimantes A ce tiède et blanc baiser.
［她们］自己献出 像 嘴唇 爱的 于 这 温柔的 和 洁白的 吻。
(她们像爱的嘴唇那样把自己献给这温柔而洁白的吻。)

Puis, plus rien, plus que les cloches attardées des flottantes églises!
然后, 再 没有, 再不 仅 ［-］ 钟声 迟到的 …的 飘扬的 教堂!
(然后,再没有什么,只剩下那些迟迟到来的教堂的钟声在飘荡!)

Angélus des vagues, Soie blanche apaisée!
祈祷 …的 海浪, 丝带 白色的 被平静的!
(海浪的祈祷,平静下来的白色波浪!)

De Rêve (Prose Lyriques)
梦
(散文抒情诗)

La nuit a des douceurs de femme,
[-] 夜 有 [-] 甜蜜 …的 女人,
(夜像女人那样甜蜜,)

Et les vieux arbres, sous la lune d'or, songent!
而 [-] 老的 树, 在… [-]月亮 金色的…下, 做梦!
(而那些老树,在黄色的月光下做梦!)

A Celle qui vient de passer, la tête emperlée
对 她 [她] 来 [-] 经过, [-] 头 用珍珠装饰的
(对那个头上戴着珠环,路过这里的她,)

Maintenant narvée, à jamais navrée,
现在 伤心的, 永远地 伤心,
(现在很伤心,永远地伤心,)

Ils n'ont pas su lui faire signe.
它们不曾 [-]知道 向她 做 示意。
(它们不知道如何向她示意。)

Toutes! Elles ont passé: les Frêles, les Folles,
所有的! 她们 已 走过去: [-]脆弱者, [-]疯狂者,
(所有路过这里的女人,脆弱者、狂热者,)

Semant leur rire au gazon grêle, aux brises frôleuses
播种 她们的 笑 在… 草坪上 细长的, 向 微风 轻触的
(在细长的草坪上播种笑声,)

la caresse charmeuse des hanches fleurissantes.
[-] 抚爱 迷人的 用[-] 腰身 正在开花的。
(用丰满的腰身给掠过的微风以迷人的抚爱。)

Hélas! de tout ceci, plus rien qu'un blanc frisson.
唉! 关于 一切 这, 再 没有什么 只一个 白色的 簌簌声。
(唉! 这一切,仅仅是一阵苍白的簌簌声。)

Les vieux arbres sous la lune d'or pleurent
［-］ 老的 树 在… ［-］月亮下 金色的 流淌
(那些老树在金色的月光下流淌着

leurs belles feuilles d'or!
它们的可爱的 树叶 金色的!
(它们那可爱的金黄树叶!)

Nul ne leur dédiera plus la fierté des casques d'or
一个都没有对她们 将奉献 再 ［-］ 骄傲 …的 盔 金色的
(再没有人会赞颂它们那傲慢的金黄树冠

Maintenant ternis, à jamais ternis.
 现在 黯然失色, 永远地 黯然失色。
(现在已黯然失色,永远地黯然失色。)

Les chevaliers sont morts sur le chemin du Graal!
［-］ 骑士们 已 死 在… ［-］ 道路上 向耶稣在最后晚餐时用的杯盘!
(骑士们已死在接受最后晚餐的路上!)

La nuit a des douceurs de femme,
［-］ 夜 有 ［-］ 甜蜜的 …的 女人,
(夜像女人那样甜蜜,)

Des mains semblent frôler les ames, mains si folles, si frêles,
［-］ 手 好像 掠过 ［-］心灵, 双手 如此 疯狂,如此 脆弱,
(双手好象掠过那些心灵,如此狂热的手,如此脆弱的手,)

Au temps où les épées chantaient pour Elles!
在… 时代 那里 ［-］ 击剑手们 可能会歌唱 为 她们!
(在击剑手们可能为她们歌唱的时代!)

D'étranges soupirs s'élèvent sous les arbres.
 奇怪的 叹息 升起 在… ［-］ 树…下。
(从那些树下发出奇怪的叹息。)

Mon âme, c'est du rêve ancien qui t'étreint!
我的 心灵, 这是 ［-］ 梦 旧时的 ［它］ 对你折磨!
(我的心,这是旧时的梦在折磨你!)

Debussy
德彪西

De Soir (Prose Lyriques)
傍　晚
(散文抒情诗)

Dimanche sur les villes, Dimanche dans les coeurs!
　星期日　　在… [-] 城市…上, 星期日　　在…　[-] 心灵…中!
(城市上的星期日,心灵中的星期日!)

Dimanche chez les petites filles chantant
　星期日　　在… [-] 小的 姑娘们…家 唱着歌
(在小姑娘们家的星期日,)

d'une voix informée des rondes obstinés
用一个 嗓音 未成形的 [-] 轮舞曲　固定的
(她们用不成熟的嗓音唱着童谣,)

où de bonnes Tours n'en ont plus que pour quelques jours!
那儿[-] 美好的　塔　　不过只有　　　[-] 为了　　几　　天!
(在那里美好的生活不过只有几天!)

Dimanche, les gares sont folles!
　星期日,　　[-] 火车站　是　热闹的!
(星期日,火车站很热闹!)

Tout le monde appareille pour des banlieues d'aventure
所有 [-] 人们　　准备　　　为了 …的　　郊区　　[-] 冒险
(所有的人都准备去郊游,)

en se disant adieu avec des gestes éperdus!
在… 彼此说着 再见…时 用　[-]　手势　　狂热的!
(用热烈的手势彼此说着再见!)

Dimanche les trains vont vite, dévorés par d'insatiables tunnels;
　星期日　　[-] 火车　走得　快,　吞没　　被 [-]贪得无厌的　隧道,
(火车在星期日快速行驶,穿过无穷无尽的隧道,)

Et les bons signaux des routes échangent d'un oeil unique
而 [-] 熟练的　信号　[-]　道路　　交换　　以一个 眼睛 独一的
(铁道上一眨眼的功夫

des impressions toutes méchaniques.
　[-]　印象　　完全　　机械的。
(就机械而熟练地交换了信号。)

Dimanche, dans le bleu de mes rêves
　星期日，　在…　[-]忧郁…中…的我的　梦
(星期日,在我梦的忧郁中,)

Où mes pensées tristes de feux d'artifices manqués
那里 我的　思维　忧伤的 …的　热烈 以 烟火　丢失的
(在我那昙花一现的忧伤思维中,)

Ne veulent plus quitter le deuil de vieux Dimanche trépassés.
不　愿意　再　放弃　[-]丧服 …的旧时的 星期日　亡故的。
(它们不再愿意放弃那旧时已故的星期日的哀伤。)

Et la nuit à pas de velours vient endormir
而 [-]夜晚 以 步伐 …的天鹅绒　来　催眠
(而夜晚轻柔地走来)

le beau ciel fatigué, et c'est Dimanche dans les avenues d'étoiles;
[-]美丽的 天空 疲乏的, 而 这是 星期日 在… [-] 林阴道 [-]星星…上;
(去催那疲乏的美丽天空入睡,这是布满星星的林荫道上的星期日;)

la Vierge or sur argent laisse tomber les fleurs de sommeil!
[-]圣母 金子 在…白银…之上 让 落下 [-] 花 …的 睡眠!
(高贵的圣母玛利亚,请让睡眠之花降临!)

Vite, les petits anges, Dépassez les hirondelles
快,　[-] 小 天使们,　超越　[-] 燕子 ·
(快,小天使,飞得比燕子还快,)

afin de vous coucher forts d'absolution!
以便　使你们 入睡 强大的 于 赦罪!
(从而你们被拯救而深深入睡!)

Prenez pitié des villes, Prenez pitié des coeurs,
给… 怜悯 …于 城市, 给… 怜悯 …于 心灵,
(请怜悯那些城市,请怜悯那些心灵,)

Vous, la Vierge or sur argent!
您, [-] 圣母 金子 在…白银…之上!
(高贵的圣母玛利亚!)

Debussy
德彪西

En Sourdine①
静 悄 悄

Calmes dans le demi-jour Que les branches hautes font,
寂静 在…［-］ 朦胧…下 ［寂静］［-］ 树枝 高高 显出,
(高高的树梢显出天朦朦亮时的宁静,)

Pénétrons bien notre amour De ce silence profond.
让我们进入 完全 我们的 爱情 在… 这 宁静 深沉的…时间。
(在这深沉的宁静中,让我们充分进入我们的爱情。)

Fondons nos âmes, nos coeurs et nos sens extasiés,
使融合 我们的 灵魂, 我们的 心 和我们的 欲望 心醉神迷的,
(让我们把我们的灵魂、我们的心和我们心醉神迷的欲望融合,)

Parmi les vagues langueurs Des pins et des arbousiers.
在… ［-］ 模糊的 忧郁…之中 …的 松树 和 …的 野草莓树。
(在那些松树和野草莓树的模糊的忧郁中。)

Ferme tes yeux à demi, Croise tes bras sur ton sein,
闭上 你的 眼睛 成 一半, 交叉 你的 双臂 在…你的 胸口…上,
(半闭上你的眼睛,你的双臂交叉在胸前,)

Et de ton coeur endormi Chasse à jamais tout dessein.
并 从…你的 心 沉睡的…中 追逐 永远地 一切 意图。
(并从你沉睡的心中不断地追逐所有的打算。)

Laissons-nous persuader Au souffle berceur et doux
任凭我们 使信服 于 微风 晃动的 和 温柔的
(让我们听任轻柔的微风

Qui vient à tes pieds rider Les ondes de gazon roux.
(微风) 来 到…你的脚下 使起波纹 ［-］ 波浪 …的 草坪 橙黄色的。
(吹过你的脚下而使橙黄色的草坪激起波纹。)

---

① 福雷亦为此诗谱曲。

Et quand solennel, le soir, Des chênes noirs tombera,
而 当, 庄严地, [-]傍晚, 从 橡树 深色的 将落下,
(而当傍晚,庄严地从深暗的橡树降临时,)

Voix de notre désespoir, Le rossignol chantera.
声音 …的 我们的 绝望, [-] 夜莺 将歌唱。
(我们绝望的呼唤,夜莺将歌唱。)

Debussy
德彪西

Fantoches
丑　角

Scaramouche① et Pulcinella② Qu'un mauvais dessein rassembla
斯卡拉姆齐 和 皮西内拉 ［他们］一个恶意的 计谋 已集结
(斯卡拉姆齐和皮西内拉已商议了一个恶意的计谋

Gesticulent noirs sous la lune. la la la...
指手划脚 昏暗地 在… ［-］月光…下。啦 啦 啦…
(在月光下,阴暗地指手划脚。啦啦啦…)

Cependant l'excellent docteur Bolonais
然而 ［-］善良的 医生 波伦亚人
(然而善良的波伦亚的医生

Cueille avec lenteur des simples Parmi l'herbe brune.
采摘 以 缓慢 ［-］ 药草 在… ［-］草坪 棕色的…中。
(在棕色的草坪中缓慢地采摘着药草。)

Lors sa fille, piquant minois Sous la charmille, en tapinois,
当时 他的女儿, 有趣的 小脸蛋 在… ［-］ 树荫…下, 悄悄地,
(当时他的女儿,她那美丽的小脸蛋, 在树荫下,半裸着身体,)

Se glisse demi-nue la la la
溜 半裸体的 啦 啦 啦
(悄悄离去,啦啦啦

En quête de son beau pirate espagnol,
在 寻找 ［-］ 她的 漂亮的 海盗 西班牙人,
(正在寻找她那漂亮的西班牙海盗,)

Dont un amoureux rossignol Clame la détresse à tue-tête.
为她 一只 多情的 夜莺 叫嚷 ［-］ 苦恼 以 声嘶力竭地。
(一只多情的夜莺在为她的苦恼拼命地喊叫。)

① 古意大利喜剧中身穿黑衣服、蓄长唇须、而好吹牛的丑角名。
② （意大利那不勒斯戏剧中）长鼻驼背的滑稽角色。

Debussy
德彪西

Green
青　春①

Voici des fruits, des fleurs, des feuilles et des branches,
这里是[-]　水果，　　[-]　花，　　[-]　树叶　和　[-]　树枝，
(我带来了水果、花、树叶和树枝条，)

Et puis voici mon coeur, qui ne bat que pour vous;
　继而　　这里是　我的　　心，　　[它]　不　跳　只　为　　您;
(以及我的心,它只为您而跳动;)

Ne le déchirez pas avec vos deux mains blanches,
不要把它　撕裂　　[-]　用　您的　两只　手　　洁白的，
(不要用您的两只洁白的手把它撕裂,)

Et qu'à vos yeux si beaux l'humble présent soit doux.
并　愿对　您的　眼睛　如此美丽的　[-]微薄的　礼物　　是　甜蜜的。
(但愿这薄礼对您美丽的眼睛是甜蜜的。)

J'arrive tout couvert encore de rosée
　我来到　一切　布满着　　尚还　以　露水
(当一切还覆盖着露水,)

Que le vent du matin vient glacer à mon front,
那时　[-]　风 …的　早晨　　来　使感到冷　在　我的　前额，
(而晨风吹得我脸发冷时,我来到这里,)

Souffrez que ma fatigue à vos pieds reposée
　请容许　[-]　我的　疲乏　在…您的　脚…下　休息
(请容许我疲乏地躺在您脚下)

Rêve des chers instants qui la délasseront.
　梦　 …的　珍贵的　　时刻　[时刻]使它　得到休息。
(在珍贵的睡梦中得到休息。)

----

①　福雷亦为此诗谱曲。

Sur votre jeune sein, laissez rouler ma tête,
在… 您的 青春的 胸…上， 请让 摇动 我的 头，
(请让我在您青春的胸前摆动我的头,)

Toute sonore encore de vos derniers baisers.
一切 响亮的 仍然 从 您的 最后的 吻。
(您那最后的吻,仍然那样响亮。)

Laissez-la s'apaiser de la bonne tempête,
让 它 平息 从 [-]强烈的 暴风雨，
(强烈的暴风雨过后,让它平静下来,)

Et que je dorme un peu puisque vous reposez.
并 愿 我 睡 一 点 既然 您 (在)休息。
(您既然在休息,让我也再睡一会儿。)

Debussy
德彪西

Harmonie du Soir
夜晚的和谐

Voici venir les temps où vibrant sur sa tige
这里 来到 [-] 时间 从那里 摇晃着 在…它的 茎…上
(时间已到,每一朵花

Chaque fleur s'évapore ainsi qu'un encensoir;
每一朵 花 挥发 如同 一个 香炉;
(如同香炉似的从它的茎上散发着香气;)

Les sons et les parfums tournent dans l'air du soir;
[-] 声音 和 [-] 芳香 盘绕 在… [-]空气…的 夜晚…中;
(它们的声音和芳香盘绕在夜空中;)

Valse mélancolique et langoureux vertige,
旋转 令人伤感的 和 无精打采的 眩晕!
(令人伤感的旋转并无精打采的眩晕,)

Chaque fleur s'évapore ainsi qu'un encensoir;
每一朵 花 挥发 如同 一个 香炉;
(每一朵花如同香炉似的散发着香气;)

Le violon frémit comme un coeur qu'on afflige,
[-] 小提琴 颤动 像 一颗 心 [-]人们 使苦恼,
(小提琴像一颗被人折磨的心那样颤动,)

Valse mélancolique et langoureux vertige,
旋转 令人伤感的 并 无精打采的 眩晕,
(令人伤感的旋转并无精打采的眩晕!)

Le ciel est triste et beau comme un grand reposoir
[-]天空 是 忧郁的 和 美丽的 像 一个 巨大的 临时祭坛
(天空忧郁而美丽得像一个巨大的临时祭坛。)

Le violon frémit comme un coeur qu'on afflige;
[-] 小提琴 颤动 像 一颗 心 [-]人们 使苦恼;
(小提琴像一颗被人折磨的心那样颤动,)

Un coeur tendre, qui hait le néant vaste et noir!
一颗 心 温情的, ［它］憎恨 ［-］ 虚无 宽广的 和 黑暗的!
(一颗温情的心,它憎恨那宽广而黑暗的空虚!)

Le ciel est triste et beau comme un grand reposoir;
［-］天空 是 忧郁的 和 美丽的 像 一个 巨大的 临时祭坛;
(天空忧郁而美丽得像一个巨大的临时祭坛;)

Le soleil s'est noyé dans son sang qui se fige...
［-］ 太阳 已 淹没 在… 它的 血 ［血］ 凝结…下…
(太阳已淹没在血红的晚霞下…)

Un coeur tendre, qui hait le néant vaste et noir,
一颗 心 温情的, ［它］憎恨 ［-］ 虚无 宽广的 和 黑暗的,
(一颗温情的心,它憎恨那宽广而黑暗的空虚,)

Du passé lumineux recueille tout vestige;
从 往事 灿烂的 收集 一切 遗迹;
(从灿烂的往事中收集一切遗迹;)

Le soleil s'est noyé dans son sang qui se fige...
［-］ 太阳 已 淹没 在… 它的 血 ［血］ 凝结…下 …
(太阳已淹没在血红的晚霞下…)

Ton souvenir en moi luit comme un ostensoir.
你的 回忆 在…我…中 发光 像 一个 圣体显供台。
(你在我的回忆中像一个圣体显供台那样发光。)

Debussy
德彪西

Il Pleure dans mon Coeur
我心中哭泣

Il pleure dans mon ceur comme il pleut sur la ville.
[-]哭泣 在… 我的 心…中 像 [-]下雨 在…[-]城市…上。
(我心哭泣像城市下雨。)

Quelle est cette langueur Qui pénètre mon coeur?
什么 是 这 忧郁 [忧郁]穿透 我的 心?
(这穿透我心的忧郁是什么?)

O bruit doux de la pluie Par terre et sur les toits!
噢 声音 温柔的 …的 [-]雨 在…地…上 和 在… [-]屋顶…上!
(噢那落在地上和屋顶上的淅沥雨声!)

Pour un coeur qui s'ennuie O le bruit de la pluie!
对于 一颗 心 [心]感到烦恼 噢 [-]声音 …的 [-]雨!
(对一颗烦恼的心,噢,雨声!)

Il pleure sans raison Dans ce coeur qui s'écoeure.
[-]哭泣 没有 理由 在… 这颗 心…中[心] 沮丧。
(这颗沮丧的心毫无理由的哭泣。)

Quoi! nulle trahison? Ce deuil est sans raison.
怎么! 没有 不忠? 这 哀伤 是 没有 理由。
(怎么! 没有不忠? 这哀伤没有道理。)

C'est bien la pire peine De ne savoir pourquoi,
这是 真的 [-]最坏的 痛苦 在… 不 知道 为什么…的情况下,
(不知道为什么,这才是最大的痛苦,)

Sans amour et sans haine, Mon coeur a tant de peine.
没有 爱情 又 没有 仇恨, 我的 心 有 那么多的 痛苦。
(既没有爱情又没有仇恨,我的心是那样的痛苦。)

Debussy
德彪西

L'Echelonnement des Haies
层层灌木篱

L'échelonnement des haies Moutonne à l'infini, mer
[-]   梯形   …的 灌木篱笆 起伏   到 [-]无止境,大海
(层层灌木篱无止境地起伏,)

Claire dans le brouillard clair Qui sent bon les jeunes baies.
清澈的 在… [-] 雾…中 稀疏的 [大海]闻到 香的 [-] 幼小的 浆果。
(像在薄雾中清澈的大海散发出小浆果的清香。)

Des arbres et des moulins Sont léger sur le vert tendre
[-] 树 和 [-] 风车   是 轻的 在… [-]绿色 浅淡的…上
(树和风车轻卧在浅绿的草原上,)

Où vient s'ébattre et s'étendre L'agilité des poulains.
在那里 来 嬉戏   和 伸展 [-]敏捷 …的 马驹子。
(敏捷的小马驹在那里嬉戏和玩耍。)

Dans ce vague d'un Dimanche Voici se jouer aussi
 在… 这无际空间 …的一个 星期日…中 这里 游戏   同样
(在一个星期日的宽广田野里,)

De grandes brebis, aussi Douces que leur laine blanche.
[-] 大的   母羊, 如此 温柔 像 它们的 羊毛 洁白的。
(母羊也同样在游戏,如此温柔,像它们洁白的羊毛。)

Tout à l'heure déferlait L'onde roulée en volutes
 待一会儿   汹涌 [-]波浪 滚动的 以   涡纹
(不一会儿,翻滚的波浪汹涌而来,)

De cloches comme des flûtes Dans le ciel comme du lait.
[-] 钟   像 [-] 长笛 在… [-]天空…中 像   [-] 奶。
(长笛似的钟声呼啸在那乳白色的天空中。)

Debussy
德彪西

Les Cloches
钟　　声

Les feuilles s'ouvraient sur le bord des branches, Délicatement,
［-］ 树叶　　　开放　　在… ［-］ 边缘 …的 树枝…上，　　娇嫩地，
(娇嫩的树叶开满枝头,)

Les cloches tintaient, légères et franches, Dans le ciel clément.
［-］　　钟　　声声敲响, 轻快地　和　坦率地,　在… ［-］天空　温和的。
(在温和的天空下,飘荡着轻快而明亮的钟声。)

Rythmique et fervent comme une antienne,
有节奏地 和　虔诚地　　像　一首 圣母赞歌,
(像一首圣母赞歌那样有节奏和虔诚,)

Ce lointain appel Me remémorait la blancheur chrétienne,
这 遥远的　召唤 使我　回忆起　［-］ 洁白　基督教的,
(这遥远的召唤,使我回忆起基督教圣坛上

Des fleurs de l'autel.
［-］　鲜花 …的 ［-]祭台。
(洁白的鲜花。)

Ces cloches parlaient d'heureuses années,
这些　钟声　表达了　［-]幸福的　年代,
(这钟声表达了幸福的年代,)

Et dans le grands bois
和 在… ［-］　大　森林…里
(而大森林里

Semblaient reverdir les feuilles fanées Des jours d'autrefois.
好像　重新变绿 ［-］ 树叶　枯萎的 …的日子 ［-］ 从前。
(昔日枯萎的树叶好像又育新芽。)

♪ 40 ♪

Debussy
德彪西

L'Ombre des Arbres
树　　影

L'ombre des arbres dans la rivière embrumée
[-] 影子 …的 树　　 在… [-] 河 被浓雾笼罩的
(被浓雾笼罩的河中树的倒影,)

Meurt comme de la fumée,
死去　　 像　 [-] [-] 烟,
(像烟雾一样死去,)

Tandis qu'en l'air, parmi les ramures réelles
　而　　 在… [-]空…中,在… [-] 枝叶之间　 明显地
(而在空中、在清晰的树叶间,)

Se plaignent les tourterelles.
　呻吟　　　 [-]　　 斑鸠。
(斑鸠在哀鸣。)

Combien ô voyageur, ce paysage blême
　多么　 噢　游客, 这　 风光　暗淡的
(噢游客,这暗淡的风光

Te mira blême toi-même
把你 照出 苍白　 你自己
(把你照得多么苍白,)

Et que tristes pleuraient dans les hautes feuillées,
而 如此 忧伤地　 哭泣　　 在… [-] 高高的　树荫…中,
(而你那些被淹没的愿望,)

Tes espérances noyées.
你的　　 愿望　　 被淹没的。
(在高高的树荫中如此忧伤地哭泣。)

♪ 41 ♪

Debussy
德彪西

Mandoline
曼 陀 林

Les donneurs de sénénades Et les belles écouteuses
[-] 提供者 …的 小夜曲 和 [-] 美丽的 聆听者
(唱小夜曲的歌手们和听小夜曲的姑娘们

Enchangent des propos fades Sous les ramures chanteuses,
交换 [-] 话 乏味的 在… [-] 枝叶 歌唱的…下,
(在簌簌作响的枝叶下互相交换着乏味的话语,)

C'est Tircis et c'est Aminte, Et c'est l'éternel Clitandre,
这是 蒂西斯 和 这是 阿曼特, 和 这是 [-]永恒的 克利坦德尔,
(这是蒂西斯和阿曼特,还有永恒的克利坦德尔,)

Et c'est Damis qui pour mainte Cruelle fait maint vers tendre.
和 这是 达米斯 [他们] 为 很多 冷酷的人 作了 很多 诗句 温情的。
(还有达米斯,他们为很多冷酷无情的姑娘作了很多温情的诗句。)

Leurs courtes vestes de soie, Leurs longues robes à queues,
他们的 短 外套 …的 丝, 他们的 长 礼服 带有 尾巴,
(他们的丝织短外套,他们的长燕尾服,)

Leur élegance, leur joie Et leurs molles ombres bleues,
他们的 优雅, 他们的 欢乐 和 他们的 柔软的 影子 蓝色的,
(他们的优雅、欢乐和他们柔软的蓝色身影,)

Tourbillonnent dans l'extase D'une lune rose et grise,
旋转 在… [-]心醉神迷 [-]一轮 月光 粉色 和 灰色…之下,
(在令人心醉神迷的一轮粉而灰色的月光下旋转,)

Et la mandoline jase, Parmi les frissons de brise. La la.
而 [-] 曼陀林 沙沙作响, 在… [-] 荡漾 …的 微风…中。 啦 啦。
(而那曼陀林在荡漾的微风中沙沙作响。啦啦。)

Debussy
德彪西

Nuit d'Etoiles
繁 星 之 夜

Nuit d'étoiles sous tes voiles, Sous ta brise et tes parfums,
夜晚 …的 繁星 在…你的 面纱…下, 在… 你的 微风 和 你的 芳香…下,
(繁星之夜,在你的面纱下,在微风和芳香下,)

Triste lyre qui soupire, Je rêve aux amours défunts.
忧郁的 里拉琴 [它] 叹息, 我 梦见 [关于] 爱情 已消逝的。
(忧郁的里拉琴在叹息,我梦见了已经消逝的爱情。)

La sereine mélancolie Vient éclore au fond de mon coeur
[-] 宁静的 伤感 来 出现 在 深处 …的 我的 心
(那宁静的伤感将出现在我心深处,)

Et j'entends l'âme de ma mie Tressaillir dans la bois rêveur.
并 我 听见 [-]心灵 …的 我的 爱人 颤抖 在… [-]树林 梦幻的…中。
(我还听见我爱人的心灵在梦幻的树林中颤抖。)

Je revois à notre fontaine Tes regards bleus comme les cieux,
我 再看见 在… 我们的 喷泉…旁 你的 目光 蓝色的 像 [-] 天空,
(我再次看见,在我们的喷泉旁,你那像蓝天一样的目光,)

Cette rose, c'est ton haleine, Et ces étoiles sont tes yeux.
这朵 玫瑰, 这是 你的 气息, 而 这些 繁星 是 你的 眼睛。
(这玫瑰是你的气息,而这繁星是你的眼睛。)

Debussy
德彪西

Recueillement
沉　　思

Sois sâge, ô ma Douleur, et tiens-toi plus tranquille.
是　聪明，噢我的　痛苦，　并　保持你　更　　平静。
(要聪明些,噢我的痛苦,你还要更平静些。)

Tu réclamais le Soir; il descend, le voici:
你　　恳求　　[-]夜晚；它　下降，　就在这里:
(你恳求夜晚;它降临到这里:)

Une atmosphere obscure enveloppe la ville,
一种　　气氛　　阴暗的　　笼罩　[-]　城市,
(阴暗的气氛笼罩着城市,)

Aux uns portant la paix, aux autres le souci.
对 一些人 带来 [-]平静，对 另一些人 [-]　忧虑。
(对某些人带来平静,给另一些人带来忧虑。)

Pendant que des mortels la multitude vile,
　　　当　　[-]　人们　[-]　人群　卑鄙的,
(当卑鄙的人们

Sous le fouet du Plaisir, ce bourreau sans merci,
在…[-]　鞭打 …的 乐趣…下, 这　刽子手　没有　仁慈,
(在"乐趣"的鞭打下,这无情的刽子手,)

Va cueillir des remords dans la fête servile,
去 采摘　[-]　内疚 在…[-]宴会 卑屈的…上,
(到充满奴性的宴会上去收集内疚,)

Ma Douleur, donne-moi la main; viens par ici, Loin d'eux.
我的　痛苦，给我 [-] 手；来　从　这里,远离 从他们。
(我的痛苦,把你的手给我;从这里远远离开他们。)

Vois se pencher les défuntes Années;
看　关心　　[-] 已消逝的　年华;
(你仔细看那已消逝的年华;)

Sur les balcons du ciel, en robes surannées;
在…〔-〕 阳台上 …的 天空, 穿着 长袍 陈旧的;
(站在已褪了色的天边;)

Surgir du fond des eaux le Regret souriant;
出现 从 底部 …的 水 〔-〕 悔恨 微笑的;
(从水底下显出微笑着的悔恨;)

Le soleil moribond s'endormir sous une arche,
〔-〕太阳 垂死的 入睡 在… 一个 穹门…下,
(西斜的太阳在苍穹下入睡,)

Et, comme un long linceul traînant à l'Orient,
并, 像 一个 长的 覆盖物 延伸 向〔-〕东方,
(并且,像一条长带伸向东方,)

Entends, ma chère, entends la douce Nuit qui marche.
听, 我的 亲爱的, 听 〔-〕温柔的 夜 〔夜〕 行走。
(听,我亲爱的人,听那夜在缓慢地过去。)

Debussy
德彪西

Romance
浪 漫 曲

L'âme évaporée et souffrante, L'ame douce, l'ame odorante,
[-]心灵 被蒸发的 和 痛苦的, [-]心灵 温柔的, [-]心灵 芬芳的,
(已消逝的痛苦的心灵,温柔的心灵,芬芳的心灵,)

Des lis   divins que j'ai cueillis
[-] 百合花 神妙的[它们]我曾 采摘
(在你的思维的花园里

Dans le jardin de   ta pensée,
在… [-] 花园…里…的 你的 思维,
(我曾采摘的那些神妙的百合花,)

Où donc les vents l'ont-ils chassée,
哪里 到底 [-] 风 把它 风已 驱逐,
(风儿把这令人爱慕的

Cette âme adorable   des lis?
这 心灵 令人爱慕的 …的 百合花?
(百合花的心灵吹到哪里去了?)

N'est-il plus un parfum qui reste De la suavité céleste,
不 它是 再 一点 香味 [-] 留存 …的 [-] 芳香 卓绝的,
(那天仙般的芳香难道一点也没留存,)

Des jours où tu m'enveloppais D'une vapeur surnaturelle,
那些 日子 当 你 把我 包围 以一阵 雾气 神奇的,
(当你用一种神奇的感觉把我拥抱在怀里,)

Faite d'espoir, d'amour fidèle, De béatitude et de paix?
使(我) 以 期望, 以 爱情 忠诚的, 以 天赐的幸福 和 以 安宁?
(使我期望忠诚的爱情、幸福和安宁的那些日子?)

Debussy
德彪西

Spleen

忧　郁

Les roses étaient toutes rouges, Et les lierres étaient tout noirs.
[-] 玫瑰花 已是　　 完全　红色的，而 [-] 长春藤　 已是　 完全 黑色的。
(玫瑰花已盛开,长春藤已结满了黑色果实。)

Chère, pour peu que tu te bouges,
亲爱的, 为了 一点儿　[-] 你 自己 移动,
(亲爱的,只要有你小小的动作,)

Renaissent tous mes désespoirs.
　再生　　 一切 我的 　 绝望。
(我的一切绝望将起死回生。)

Le ciel était trop bleu, trop tendre,
[-] 天空 是　 太　蓝，　 太　 柔和,
(太蓝、太柔和的天空,)

La mer trop verte et l'air trop doux.
[-] 海　 太　绿　 以及[-]风 太　 温和。
(太绿的海和太温和的风。)

Je crains toujours, ce qu'est d'attendre!
我　 担心　 总是，　 这　 什么是 于 等待!
(我总是担心,这是在等待什么!)

Quelque fuite atroce de vous.
　一些　 托辞 残酷的 …的　您。
(您的一些残酷的托辞。)

Du houx à la feuille vernie Et du luisant buis je suis las
对 冬青 具有 [-] 树叶 有光泽的 和 对 发亮的 黄杨 我 已　 厌倦
(我已厌倦于那绿油油的冬青、那闪光的黄杨,)

Et de la campagne infinie, Et de tout, fors de vous. Hélas!
和 对 [-]　 田野　 无止境的, 和 对 一切, 除了 对　 您。 唉!
(那无止境的田野和所有的一切,除了您。唉!)

Delibes   # Bonjour, Suzon!

德利勃   ## 你好,苏宗!

Bonjour, Suzon, ma fleur des bois!
你好, 苏宗, 我的 花 …的 树林!
(你好,苏宗,我的林中之花!)

Es-tu toujours la plus jolie?
是 你 仍然 [-] 最 俊俏的?
(你仍然是最美的吗?)

Je reviens tel que tu me vois, D'un grand voyage en Italie.
我 回来 如同… 你 对我看见…那样,从一个 长的 旅行 在 意大利。
(我正如你看见我那样,从意大利的漫长旅行回来。)

Du paradis j'ai fait le tour.
[从] 天堂 我曾 进行 [-] 旅行。
(我愉快地进行了这次旅行。)

J'ai fait des vers, j'ai fait l'amour, Mais que t'importe?
我曾 作 [-] 诗, 我曾 做 [-]爱情, 但 什么对你有关系?
(我作过诗,我有过爱情,但这和你有什么关系?)

Je passe devant ta maison, Ouvre ta porte!
我 路过 在… 你的 房子…前, 打开 你的 门!
(我路过你门前,打开你的门!)

Je t'ai vue au temps des lilas, Ton coeur joyeux venait d'éclore.
我 你曾 见 在… [-] 百合花的季节,你的 心 愉快的 刚刚 [-] 开放。
(我在百合花季节见到你时,你那欢快的心刚刚开放。)

Et tu disais, je ne veux pas qu'on m'aime encore.
而 你 曾说, 我 不 愿意 [-] [-]有人 我 爱 尚。
(而你曾说,我还不愿意有人爱我。)

Qu'as-tu fait depuis mon départ?
什么你曾 做 自从 我的 离开?
(我离开你后,你做了什么?)

Qui part trop tôt revient trop tard. Mais que m'importe?
他 离去 太 早 回来 太 晚。 但 什么 对我有关系?
(他离开得太早,回来得又太晚。但这和我又有什么关系?)

Delibes
德利勃

Les Filles de Cadix
卡迪斯姑娘

Nous　venions　de　voir　le　taureau,　Trois　garçons,　trois　fillettes,
我们　　刚刚　　去　看　[-]　斗牛，　三个　小伙子，三个　小姑娘，
(我们刚刚去看了斗牛,三个小伙子和三个小姑娘,)

Sur　la　pelouse　il　faisait　beau,
在…[-]　草坪…上　天气晴朗，
(在晴朗天空下的草坪上,)

Et　nous　dansions　un　boléro　Au　son　des　castagnettes:
[-]　我们　　跳了　一个包列罗舞　随着　声音…的　　响板:
(随着响板的声音,我们跳起了包列罗舞:)

Dites-moi, voisin,　Si　j'ai　bonne　mine,　Et　si　ma　basquine　Va　bien　ce　matin.
告诉　我,　　邻人,　是否　我有　漂亮的　外貌，　和　是否　我的　巴斯克裙　很合身　这　早晨。
(告诉我,朋友,我看起来还漂亮吗? 还有,今天早晨我的巴斯克裙是否合身。)

Vous　me　trouvez　la　taille　fine?　ah!
　您　　对我　发现　　[-]　腰身　纤细?　　啊!
(您看我的身材纤细吗? 啊!)

Les　filles　de　Cadix　aiment　assez　cela, ah!　la　ra　la.
[-]　姑娘　…的卡迪斯　喜欢　　相当　这样，啊!　啦　啦　啦。
(卡迪斯姑娘很喜欢这样,啊! 啦,啦,啦。)

Et　nous　dansions　un　boléro　Un　soir,　c'était　dimanche.
和　我们　　跳了　一个包列罗舞　一个　晚上，这是　　星期日。
(一天晚上我们跳了包列罗舞,那是星期日。)

Vers　nous　s'en　vient　un　hidalgo,　　Cousu　d'or,　la　plume　au　chapeau,
朝着　我们　　过来　一位西班牙末等贵族，缝合　以金，[-]　羽毛　在…帽子…上,
(一位西班牙"贵族"向我们走来,豪华的衣服,帽子上插着羽毛,)

Et　le　poing　sur　la　hanche:　Si　tu　veux　de　moi,
和　[-]　拳头　在…[-]　胯…上: 如果你　愿意　[-]　我,
(双手还扶着胯骨:如果你愿意要我,)

Brune   au doux sourire, Tu n'as qu'à le dire.
棕发女郎 有 柔和的 微笑, 你   只要   将它 说出。
(带着柔和微笑的棕发女郎,你只管说。)

Cet or est à toi. Passez votre chemin   beau   sire,
这 金子 是 为 你的。 走   您的   路   穿着华丽的先生,
(这金子属于你了。走您的路吧,穿着华丽的先生,)

Les filles de Cadix n'entendent pas cela, la ra ra, ah.
[-] 姑娘 …的 卡迪斯 不   理会   [-]   那个, 啦 啦 啦, 啊。
(卡迪斯姑娘不听那一套,啦,啦,啦,啊!)

Duparc
迪帕克

Chanson Trist
悲　　歌

Dans ton coeur dort un clair de lune, un doux clair de lune d'été,
在… 你的 心…中 睡 一片 光亮 …的 月亮, ［-］ 温柔的 月光 …的夏天,
(月光在你心中入睡,温柔的夏日月光,)

Et pour fuir la vie importune, Je me noierai dans ta clarté.
而 为了 逃避 ［-］ 生活 使人腻烦的, 我 将沉浸 在… 你的光亮…中。
(而为了逃避烦人的生活,我将沉浸在你的光亮中。)

J'oublierai les douleurs passées Mon amour; quand tu berceras
我将忘记 ［-］ 痛苦 过去的 我的 爱; 当… 你 将摇动
(我的爱,在你那平静而迷人的怀抱中,当你摇动

Mon triste coeur et mes pensées Dans le calme aimant de tes bras!
我的 悲痛的 心 和 我的 思维…时 在… ［-］平静的 吸引力 …的 你的双臂…中!
(我那悲痛的心和思维时我将忘却过去的一切痛苦!)

Tu prendras ma tête malade Oh! quelquefois sur tes genoux,
你 将拿起 我的 头 有病的 哦! 有时 在… 你的 双膝…上,
(哦! 有时在你的双膝上你会捧起我痛苦的头,)

Et lui diras une ballade, Une ballade, qui semblera parler de nous,
并对它[头] 讲 一首 叙事诗, 一首 叙事诗, ［它］ 好象 讲述 有关 我们,
(并对我讲一首叙事诗,一首好象在讲述我们的叙事诗,)

Et dans tes yeux pleins de tristesses, Dans tes yeux alors je boirai
而 在…你的眼睛…里 充满 …的 悲伤, 在… 你的眼睛…里 那时 我 将饮入
(而那时我将在你充满悲伤的眼睛里痛饮

Tant de baisers et de tendresses, Que peutêtre je guérirai.
那么多的 吻 和 ［-］ 温情, 这样 也许 我 将康复。
(那么多的吻和温情,这样我也许能康复。)

♪ 51 ♪

Duparc

迪帕克

Elégie
哀　歌

Oh, ne murmurez pas son nom! Qu'il dorme dans l'ombre,
噢，不要 窃窃议论 [-] 他的 名字！ 愿他 长眠 在 [-]阴暗处，
(噢,不要低声提起他的名字! 让他在地下长眠,)

Où froide et sans honneur repose sa dépouille.
那里 寒冷 和 没有 荣誉 安息 他的 遗体。
(他的遗体寒冷而默默无闻地安息在那里。)

Muettes, tristes, glacées, tombent nos larmes,
无声的， 忧郁的， 冰冷的， 落下 我们的 眼泪，
(我们掉下无声、忧郁和冰冷的眼泪,)

Comme la rosée de la nuit,
像 [-] 露水 …的 [-] 夜晚，
(像夜晚的露水,)

Qui sur sa tête humecte le gazon;
[露水]在…他的头…上 润湿 [-] 草坪；
(露水润湿了他头上的草坪;)

Mais la rosée de la nuit, bien qu'elle pleure,
但是 [-] 露水 …的 [-] 夜晚，尽管 [夜晚] 流泪，
(但是夜晚的露水，尽管她流泪,)

Qu'elle pleure en silence,
尽管她 流泪 以 沉默，
(尽管她沉默地流泪,)

Fera briller la verdure sur sa couche
将使 发光 [-] 青枝绿叶 在…他的 床…上
(却将使他基地上的绿草闪闪发光,)

Et nos larmes en secret répandues
和 我们的 眼泪 以 秘密的 溢出
(还有我们偷偷流出的眼泪

Conserveront sa mémoire fraîche et verte Dans nos coeurs.
将保持 他的 回忆 清新的 和 新鲜的 在… 我们的 心中。
(将在我们心中清新而新鲜地保留对他的回忆。)

♪ 52 ♪

Duparc
迪帕克

Extase
心　醉

Sur　un　lys　pâle　mon　coeur　dort
在…一朵百合花苍白的 我的　　心　　入睡
(在一朵苍白的百合花上,我心入睡,)

D'un　sommeil　doux　comme　la　mort
[-]一个　睡眠　甜蜜的　像　[-]死亡
(一个像死亡那样甜蜜的睡眠,)

Mort　exquise,　mort　parfumée
死亡　微妙的,　死亡　　芬芳的
(具有心上人的呼吸的

Du　souffle　de　la　bien-aimée.
有　呼吸　…的 [-]　心爱的人。
(微妙的、芬芳的死亡。)

Sur　ton　sein　pale　mon　coeur　dort
在…你的胸口…上 苍白的 我的　　心　　入睡
(在你苍白的胸口上,我心入睡,)

D'un　sommeil　doux　comme　la　mort.
[-]一个　睡眠　甜蜜的　像　　[-]死亡。
(一个像死亡那样甜蜜的睡眠。)

Duparc
迪帕克

Lamento
悲　歌

Connaissez-vous la blanche tombe
知道　　您　［-］白色的　坟墓
(您可知道那白色的坟墓，)

Où flotte avec un son plaintif L'ombre d'un if?
那里漂浮着 随着 一个 声音　哀怨　［-］树荫 …的一棵紫杉?
(那里,从紫杉的树荫中飘出哀怨的声音?)

Sur l'if une pâle colombe,
在…紫杉… 上一只 苍白的　鸽子,
(一只苍白的鸽子在紫杉树上

Triste et seule au soleil couchant, Chante son chant.
忧伤的 和 孤独的 在… 太阳　落山…时,　唱着　它的　歌。
(忧伤而孤独地对着夕阳唱歌。)

On dirait que l'âme éveillée Pleure sous terre à l'unisson De la chanson,
人们 会说 ［-］ ［-］灵魂 被唤醒的　哭泣 在…大地…下　齐唱　　与 ［-］ 歌曲
(人们会说那是被唤醒的灵魂在九泉之下与那歌曲齐声哭泣,)

Et du malheur d'être oubliée Se plaint dans un roucoulement, Bien doucement.
并 从 不幸的人 …的被 遗忘的　呻吟　在… 一阵 咕咕声…下,　非常　轻柔地。
(以及那被遗忘了的死者非常轻柔地在一阵咕咕声下呻吟。)

Ah, jamais plus près de la tombe
啊,　再　不　靠近于 ［-］坟墓
(啊,当夜暮降临时,)

Je n'irai, quand descend le soir Au manteau noir,
我 ［不］将去, 当　落下 ［-］夜晚 以　遮盖物 黑色的,
(我再也不会到坟墓前,)

Ecouter la pâle colombe Chanter,
听着 ［-］苍白的　鸽子　歌唱,
(来听着那苍白的鸽子

Sur la branche de l'if, Son chant plaintif!
在… ［-］ 树枝 …的［-］紫杉…上,它的　歌 哀怨的!
(在紫杉树上唱它那哀怨的歌!)

♪ 54 ♪

Duparc
迪帕克

La Vague et la Cloche
波 涛 和 钟

Une fois, terrassé par un puissant breuvage,
一 次, 击倒 被 一个 强烈的 饮料,
(有一次,被烈酒醉倒之后,)

J'ai rêvé que parmi les vagues et le bruit
我曾 做梦 [-] 在… [-] 波涛 和 [-]喧闹声…之间
(我梦见我在海浪的波涛和喧闹声中,)

De la mer je voguails sans fanal dans la nuit,
…的[-] 海 我 划船 没有 舷灯 在… [-] 夜…间,
(在夜间的黑暗中航行,)

Morne rameur n'ayant plus l'espoir du rivage...
沮丧的 划桨者 不 有 再 [-] 希望 …的 岸…
(沮丧的划手再没有希望靠岸…)

L'Océan me crachant ses baves sur le front
[-] 海 向我 喷射 它的 泡沫 在… [-] 额头…上
(大海向我的脸上喷吐着浪花,)

Et le vent me glacait d'horreur jusqu'aux entrailles,
和 [-] 风 使我 感到很冷 以 恐惧 直到[-] 内脏,
(还有海风吓得我浑身发冷,)

Les vagues s'écroulaient ainsi que des murailles
[-] 波涛 崩塌 如同 [-] 高墙
(波涛像高墙似的缓慢地倒塌下来,)

Avec ce rythme lent qu'un silence interrompt...
带着 这 速度 缓慢的 当一个 寂静 使中断…
(突然这一切陷入了寂静…)

Puis, tout changea... la mer et sa noire mélée sombrèrent...
然后, 一切 改变… [-] 海 和 它的黑色的 混乱 消失…
(然后,一切变了…大海和它的可怕的混乱消失了…)

Sous mes pieds s'effondra le plancher de la barque...
在… 我的 脚…下 击穿 [-] 底 …的 [-] 小船…
(我脚下的船底击穿了…)

Et j'étais seul dans un vieux clocher,
而 我处在 独自 在… 一座 古老的 钟楼…下,
(我发现我独自在一座古老的钟楼下,)

Chevauchant avec rage une cloche ébranlée.
　骑在 带有 狂热 一口 钟 摇动的。
(狂热地骑在一口晃动的钟上。)

J'étreignais la criarde opiniâtrement,
我 抓 [-]刺耳的(钟) 顽强地
(我顽强地抓住那刺耳的钟,)

Convulsif et fermant dans l'effort mes paupières,
　痉挛地 和 闭着 在… [-]努力下 我的 眼睑
(痉挛地并竭尽全力闭着眼睛,)

Le grondement faisait trembler les vieilles pièrres,
[-] 隆隆声 使 颤抖 [-] 古老的 石头,
(那隆隆声使古老的石头都颤抖了,)

Tant j'activais sans fin le lourd balancement.
如此 我 加快 无休止的 [-] 沉重的 摆动。
(我更加无休止地加快了那沉重的摆动。)

Pourquoi n'as-tu pas dit, o rêve, où Dieu nous mène?...
　为什么 你没有 告诉, 噢 梦, 哪里 上帝 把我们 领?
(噢梦,你为什么不曾告诉,上帝要把我们带领到哪里去?…)

Pourquoi n'as-tu pas dit s'ils ne finiraient pas
　为什么 你没有 告诉是否它们不 将结束 [-]
(为什么你不曾告诉是否这些无效的工作和无休止的喧哗

L'inutile travail et l'éternel fracas
[-]无效的 工作 和 [-]无休止的 喧哗
(永远不会结束,)

Dont est faite la vie, hélas, la vie humaine!
[这些]是 组成 [-] 生活, 唉, [-]生活 人类的!
(这些组成生活的东西,唉,人类的生活!)

Duparc
迪帕克

La Vie Antérieure
以前的生活

J'ai longtemps habité sous de vastes portiques
我曾 长久地 居住 在… 以 巨大的 柱廊…下
(我曾经长期住在高大的柱廊下,)

Que les soleils marins teignaient de mille feux,
[那里] [-] 阳光 海的 染上颜色 …的 一千 光芒,
(海上的阳光把那里染上了上千条五光十色的光芒,)

Et que leurs grands piliers, droits et majestueux,
和 [那里]它们的 巨大的 柱子, 笔直的 和 壮丽的,
(那些巨大柱子笔直而壮丽,)

Rendaient pareils, le soir, aux grottes basaltiques.
使变为 同样的, [-] 夜晚, 与 洞穴 玄武岩的。
(在晚上,变得像玄武岩的洞穴。)

Les houles, en roulant les images des cieux,
[-] 波涛, 滚动着 [-] 映象 …的 天空,
(波涛滚动着天空的倒影,)

Mêlaient d'une façon, solennelle et mystique
使结合 以一种 方式, 隆重的 和 神秘的
(以一种隆重而神秘的方式使倒影

Les tout puissants accords de leur riche musique
[-] 非常 强烈的 和弦 …的 它们的 绚丽的 音乐
(与它们的绚丽的音乐结合为非常强烈的和弦,)

Aux couleurs du couchant reflété par mes yeux...
以[-] 色彩 …的 夕阳 映出 从 我的 眼睛…
(从我的眼睛里映出夕阳的色彩…)

C'est là, c'est là que j'ai vécu dans les voluptés calmes
这是在那里,这是在那里 [-] 我曾 生活 在… [-] 快感 平静的…中
(在那里,我曾在那里,平静地享受着生活,)

♪ 57 ♪

Au milieu de l'azur, des vagues, des splendeurs,
在中间　　[-]天空,[-]　波涛,　　[-]　　光辉,
(在完全浸透了芳香的天空、波涛、光辉、)

Et des esclaves nus tout imprégnés d'odeurs
和 [-]　奴役 赤裸裸的完全　浸透　以 香水
(和赤裸裸的奴役中间,)

Qui me rafraîchissaient le front avec des palmes,
[它们]我　使凉爽　[-]　额头　用 [-]　棕榈叶,
(它们用棕榈叶使我额头清新,)

Et dont l'unique soin était d'approfondir
而 [它们][-]唯一的 关怀　已经 [-]　看穿
(而它们独特的关怀已领会了

Le secret douloureux qui me faisait languir.
[-] 秘密　痛苦的　[秘密]我　使 无精打采。
(那使我无精打采的痛苦的秘密。)

♪ 58 ♪

Duparc
迪帕克

Le manoir de Rosemonde
罗斯蒙德庄园

De sa dent soudaine et vorace,
以 它的 牙   突然地   和 贪婪地,
(爱情像一只狗那样

Comme un chien l'amour m'a mordu.
　像　 一只　 狗　 [-] 爱情 对我曾　 咬。
(曾突然而贪婪地袭击我。)

En suivant mon sang répandu, Va, tu pourras suivre ma trace.
　沿着　　 我的　 血　 溅出的,　去, 你 将可以　 跟踪　 我的 足迹。
(沿着我溅出的血,你可以去跟踪我的足迹。)

Prends un cheval de bonne race,
乘着　 一匹 马　 …的 优良的　 种,
(骑着一匹纯种马)

Pars, et suis mon chemin ardu,
离开, 并 追随 我的　 道路 艰苦的,
(去跟踪我那艰辛的道路,)

Fondrière ou sentier perdu, Si la course ne te harasse!
沼泽地　　 或 小径　 消失的,如果 [-]　 路程　 不 使你 精疲力尽!
(通过沼泽地或迷茫的小径,只要这路不会使你精疲力尽!)

En passant par où j'ai passé, Tu verras que seul et blessé,
　当经过　　 从 那里 我曾　 走过,　 你 将看见　 [-] 孤单的 并 负着伤,
(当经过我所走过的地方,你将看到我孤单而负着伤,)

J'ai parcouru ce triste monde,
我曾　 走遍　　 这 悲惨的 世界,
(走遍了这悲惨的世界,)

Et qu'ainsi je m'en fus mourir Bien loin,
而 就这样 我 从这里逃避 去死　 很　 远,
(而就这样,我从悲惨的世界逃到远处去死,)

sans découvrir Le bleu manoir de Rosemonde.
没有　　 发现　 [-] 蓝色的　 庄园　 …的 罗斯蒙德。
(却错过了那蓝色的罗斯蒙德庄园。)

♪ 59 ♪

Duparc
迪帕克

L'invitation au Voyâge
旅 行 邀 请

Mon enfant, ma soeur, Songe à la douceur
我的 孩子, 我的 姐妹, 想想 关于[-] 乐趣
(我的孩子,我的姐妹,想想到那里

D'aller là-bas vivre ensemble. Aimer à loisir,
[-]去 那里 生活 在一起。 爱 听凭自便地,
(去一起生活的乐趣。听凭自便地

Aimer et mourir Au pays qui te ressemble!
爱 和 死 [-]村庄 [村庄]和你 相像!
(到你心目中的村庄去爱和死!)

Les soleils mouillés De ces ciels brouillés
[-] 阳光 浸湿的 被这些 天空 模糊的
(被雾气笼罩的天空湿润了的阳光

Pour mon esprit ont les charmes Si mystérieux
为 我的 灵魂 有 [-] 诱惑力 如此 神秘的
(透过你背信弃义的双眼闪烁的泪水

De tes traîtres yeux, Brillant à travers leurs larmes.
…的你的背信弃义的 眼睛, 闪耀着 透过 它们的 眼泪。
(对我的心灵有如此神秘的诱惑力。)

Là, tout n'est qu'ordre et beauté, Luxe, calme et volupté!
那里,一切 不 是 只整齐 和 美丽, 奢侈, 平静 和 快感!
(在那里,只有整齐和美丽、奢侈、平静和快意!)

Vois sur ces canaux Dormir ces vaisseux
看见 在… 这些 运河…上 躺着 这些 大船
(你可看见在运河上躺着的那些

Dont l'humeur est vagabonde;
[船的][-]性情 是 漂泊的;
(漂荡的船只;)

C'est pour assouvir Ton moindre désir
这是 为了 使满足 你的 最小的 愿望
(它们来自地球的那一端

Qu'ils viennent du bout du monde.
[-]它们 来 自 尽头…的 地球。
(来满足你最小的愿望。)

Les soleils couchants Revêtent les champs,
[-] 太阳 落山 覆盖 [-] 田野,
(西斜的阳光覆盖着田野,)

Les canaux, la ville entière, D'hyacinthe et d'or;
[-] 运河, [-] 城市 整个的, [以]青紫色 和 [以]金色,
(运河和整个城市呈现出青紫色和金色,)

Le monde s'endort Dans une chaude lumière!
[-] 世界 入睡 在… 一片 温暖的 光辉…中!
(世界在一片温暖的光辉中入睡!)

Là, tout n'est qu'ordre et beauté,
那里,一切 不 是 只整齐 和 美丽,
(在那里,只有整齐和美丽,)

Luxe, calme et volupté!
奢侈, 平静 和 快感!
(奢侈、平静和快意!)

Duparc
迪帕克

Phidylé
菲 迪 莱

L'herbe est molle au sommeil Sous les frais peupliers,
[-]青草 是 柔软的 为 入睡 在… [-] 凉爽的 杨树…下,
(为在凉爽的杨树下入睡,草是多么柔软,)

Aux pentes des sourdes moussues,
在… 斜坡旁 …的 泉水 长满苔藓的,
(在清泉流过长满青苔的斜坡旁,)

Qui dans les prés en fleurs germant par mille issues,
[青草] 在…[-] 牧场上 充满鲜花的 正在萌芽 从 一千个 出口,
(它在开满鲜花的牧场上从许多缝隙中萌发新芽,)

Se perdent sous les noirs halliers. Repose, ô Phidylé.
消失 在… [-]黑色的 荆棘丛下。 安息, 噢 菲迪莱。
(消失在黑色的荆棘丛下。安息吧,菲迪莱。)

Midi sur les feuillages Rayonne, et t'invite au sommeil.
中午 在… [-] 叶丛…上 照耀, 并 你 邀请 去 睡觉。
(中午照在树丛上的太阳,请你入睡。)

Par le trèfle et le thym, seules,
沿着[-] 苜蓿 和[-]百里香, 唯一地,
(沿着苜蓿和百里香,)

en plein soleil, Chantent les abeilles volages;
充满 阳光, 唱歌 [-] 蜜蜂 变化无常的;
(在炎热的阳光下,唯有变化无常的蜜蜂在歌唱;)

Un chaud parfum circule au détour des sentiers,
一阵温暖的 芳香 传播 在… 转弯 …的 小路…上,
(在小路的转弯处散发着温暖的芳香,)

La rouge fleur des blés s'incline,
[-] 红的 花 …的 小麦 弯腰,
(小麦的红花弯下了腰,)

Et les oiseaux, rasant de l'aile la colline,
还有[-]　鸟儿，　掠过　用[-]翅膀[-]　山岗，
(还有小鸟儿,飞越山岗,)

Cherchent l'ombre des églantiers.
　寻找　　[-]荫凉处 …的　犬蔷薇。
(在寻找犬蔷薇的荫凉。)

Repose, ô Phidylé, Repose, ô Phidylé.
　安息，　噢 菲迪莱，　安息，　噢　菲迪莱。
(安息吧,菲迪莱,安息吧,菲迪莱。)

Mais, quand l'Astre incliné sur sa courbe éclatante,
但是，　当　[-]星辰 倾斜　在…它的　曲线　发亮的…上，
(但是,当太阳倾斜到天边时,)

Verra ses ardeurs s'apaiser,
你将看 它的　炽热　　平静，
(你将看到它的炽热消失,)

Que ton plus beau sourire
但愿 你的　最　可爱的　笑容
(但愿你最可爱的笑容

et ton meilleur baiser Me Récompensent,
　和 你的　最好的　　吻　对我　　报偿，
(和最好的吻给我报偿,)

me récompensent de l'attente!
对我　　报偿　　为[-]等待!
(为等待而报偿!)

Duparc
迪帕克

Sérénade Florentine
佛罗伦萨小夜曲

Etoile dont la beauté luit, Comme un diamant dans la nuit,
星　[它]　[-]　美貌　闪烁，　像　　一颗　钻石　　在…[-]夜…里，
(星星,它的美貌闪烁,像夜间的一颗钻石,)

Regarde vers ma bien aimée Dont la paupière s'est fermée.
　注意　　向　我的　心爱的人　[她][-]　眼睑　　已闭上。
(请关照我心爱的人,她睡着了。)

Et fais descendre sur ses yeux La bénédiction des cieux.
并　使　　下降　　在…她的眼睛…上[-]　祝福　　…的　上天。
(请让上天的祝福降到她的眼睛上。)

Elle s'endort... Par la fenêtre En sa chambre heureuse pénètre;
她　　入睡…　从　[-]窗户　到她的房间　幸福的　　进入;
(她入睡了…请从窗户进入到她幸福的房间里;)

Sur sa blancheur comme un baiser, Viens jusqu'à l'aube te poser
在…她的洁白…上　像　一个　吻，　来　　直到　[-]黎明[你]放置
(对她的纯洁,请放上一个吻,直到黎明,)

Et que sa pensée, alors, rêve D'un astre d'amour qui se lève!
并　愿她的思维，当时，梦见　关于一颗星…的爱情[它]　升起!
(愿她的思想,在梦中升起一颗爱情之星!)

Duparc
迪帕克

Soupir
叹　息

Ne　jamais　la　voir　ni　l'entendre,
不　　永远　对她　看 也不对她 听,
(永远不要见她也不要听她,)

Ne　jamais　bout　haut　la　nommer,
不　　永远　　极端 高声地［她］叫出名字,
(永远不要大声地叫她的名字,)

Mais,　fidèle,　toujours　l'attendre,　Toujours　l'aimer.
但是,　忠诚地,　永远　把她 等待,　　永远　　把她 爱。
(但是,永远忠诚地等待她,永远爱她。)

Ouvrir　les　bras,　et,　las　d'attendre,
展开　　［-］　双臂,　并,疲乏 ［-］　等待,
(展开双臂并疲乏地等待她,)

Sur　le　néant　les　refermer,
在…［-］空虚…上 ［双臂］再关闭,
(一无所有地再合上双臂,)

Mais　encor,　toujours　les　lui　tendre,　Toujours　l'aimer.
但是　仍然,　永远 ［双臂］对她 伸出,　　永远　　把她 爱。
(但是仍然永远向她伸出双臂,永远爱她。)

Ah!　ne　pouvoir　que　les　lui　tendre,
啊!　不　　能够　　只 ［双臂］对她 伸出,
(啊! 只能对她伸出双臂,)

Et　dans　les　pleurs　se　consumer,
并　在…　［-］眼泪…中　日趋衰竭,
(并在眼泪中把自己耗尽,)

Mais　ces　pleurs　toujours　les　répandre,　Toujours　l'aimer.
但　这些　眼泪　永远 ［眼泪］ 流出,　　永远 把她 爱。
(但眼泪不停地流出,永远爱她。)

Duparc
迪帕克

Testament
遗　嘱

Pour que le vent te les apporte Sur l'aile noire d'un remord,
为了　　[-]　　风　对你[它们] 带去 在…[-]翅膀上 黑色的 …的一个 悔恨,
(为了让风乘着悔恨的黑色翅膀给你带去,)

J'écrirai sur la feuille morte Les tortures de mon coeur mort!
我 将写 在… [-] 纸页 死亡的 [-] 痛苦 …的我的 心 已死的!
(我将在那枯叶上写下我已死的心的痛苦!)

Toute ma sève s'est tarie Aux clairs midis de ta beauté,
一切 我的 元气 已枯竭 在[-] 明亮的 正午 …的 你的 美貌,
(在你美貌的明亮光辉下,我的元气已经枯竭,)

Et, comme à la feuille flétrie Rien de vivant ne m'est resté,
并, 像 对[-] 树叶 枯萎的 没有一点 生气 不对我已 剩下,
(就像枯萎的树叶,我已毫无生气,)

Tes yeux m'ont brûlé jusqu'à l'ame,
你的 眼睛 对我 已 烧伤 直到 [-]心灵,
(你的眼睛烧伤了我心深处,)

Comme des soleils sans merci!
像 [-] 太阳 没有 怜悯!
(就像无情的太阳!)

Feuille que le gouffre réclame L'autan va m'emporter aussi...
树叶 [树叶][-] 旋风 要求 [-] 烈风 去 把我 卷走 同样…
(旋风把树叶吹走,狂风也同样会把我卷走…)

Mais avant, pour qu'il te les porte
但是 之前, 为了 它对你[它们] 带去
(但在这之前,为了让它)

Sur l'aile noire d'un remord,
在…[-]翅膀上 黑色的 …的一个 悔恨,
(把它们乘着悔恨的黑色翅膀带给你,)

J'écrirai sur la feuille morte Les tortures de mon coeur mort!
我 将写 在… [-] 纸页 死亡的…上[-] 痛苦 …的我的 心 已死的!
(我将在那枯叶上写下我已死的心的痛苦!)

Fauré

福雷

Adieu

永　别

Comme tout meurt vite, la rose Déclose,
多么　一切　死　快，[-] 玫瑰花　开放，
(一切事物消逝得多么快,开放的玫瑰花,)

Et les frais manteaux diaprés Des prés;
和 [-]新鲜的　覆盖物 绚丽多采的 [-] 草地;
(和那些草坪上绚丽多采的鲜花;)

Les longs soupirs, les bien-aimées, Fumées!
[-] 长的　叹息，[-]　心爱的人，化为乌有!
(那些悠长的叹息、心爱的人儿都烟消云散了!)

On voit, dans ce monde léger, Changer
人们看见，在… 这 人世…间 轻浮的，改变
(人们看到,在这轻浮的人世间,)

Plus vite que les flots des grèves, nos rêves!
更　快　比 [-] 波涛 …的 沙滩，我们的 梦!
(我们的梦变得比沙滩上的波涛还快!)

Plus vite que le givre en fleurs, Nos coeurs!
更　快　比 [-] 霜　在…花…上，我们的 心!
(我们的心变得比花上的露珠还快!)

A vous l'on se croyait fidèle, Creulle,
对于您 [-]人们 自以为　忠诚的, 冷酷无情的人,
(人们自以为对您是忠诚的,冷酷无情的人,)

Mais hélas! les plus longs amours Sont courts!
但是 唉! [-] 最　长的　爱情　是　短暂的!
(但可惜! 那些最长的爱情也是短暂的!)

Et je dis en quittant vos charmes, Sans larmes,
而 我 说　当… 离开　您的 魅力…时, 没有　眼泪,
(而我,当毫不流泪地离开您时,)

Presqu'au moment de mon aveu, Adieu!
几乎 在　时刻　…的 我的 吐露爱情, 永别了!
(几乎在向您吐露真情的同时,却说,永别了!)

♪ 67 ♪

Fauré   **Après un rêve**

福雷   # 梦　后

Dans un sommeil que charmait ton imâge
在… 一次 睡眠…中 ［-］ 使陶醉 你的 形影
(一次在梦中,你的形影使我陶醉,)

Je rêvais le bonheur, ardent mirage;
我 梦见 ［-］ 幸福, 热情的 幻景;
(梦见了幸福,热情的幻景;)

Tes yeux étaient plus doux, ta voix pure et sonore.
你的 眼睛 是 更 温柔, 你的 声音 纯洁的 和 响亮的。
(你的眼睛更加温柔,你的声音纯洁而明亮。)

Tu rayonnais comme un ciel éclairé par l'aurore;
你 放射光芒 像 一个天空 照亮的 被 ［-］晨曦;
(你像被晨曦照亮的天空那样放射光芒;)

Tu m'appelais, et je quittais la terre Pour m'enfuir avec toi vers la lumière;
你对我 呼唤, 而 我 离开 ［-］ 大地 为了 逃跑 和你 一起 向 ［-］ 光明;
(你呼唤我,而为了和你一起飞向光明我离开了大地;)

Les cieux pour nous ent'ouvraient leurs nues,
［-］ 天空 为 我们 半开 它们的 云彩,
(天空为我们分开了云彩,)

Splendeurs inconnues, lueurs divines entrevues....
光辉 未知的, 微光 神妙的 隐约可见的…
(隐约可见而不可知的光辉、神妙的微光…)

Hélas! Hélas, triste réveil des songes!
唉! 唉, 可悲的 苏醒 从… 梦…中!
(唉! 唉,可惜从梦中醒来!)

Je t'appelle, ô nuit, rends-moi tes mensonges;
我 把你 呼唤, 噢 夜, 还我 你的 虚幻;
(噢夜啊,我呼唤你,还我梦幻;)

Reviens, reviens radieuse, Reviens, ô nuit mystérieuse!
回来, 回来 绚丽的(光辉), 回来, 噢 夜 神秘的!
(回来吧,绚丽的光辉,回来吧,神秘的夜!)

Fauré   Au Bord de l'Eau
福雷   河   畔

S'asseoir tous deux au bord du flot qui passe, Le voir passer;
坐   所有 两个人 在 岸边 …的 流水 [水] 经过, [流水] 看 经过;
(我们俩人一起坐在河岸边,看着它流过;)

Tous deux, s'il glisse un nuage en l'espace, Le voir glisser;
所有 俩人,如果[-] 滑行 一片 阴云 在 [-]宇宙, [阴云] 看 滑行;
(如果天空有一片阴云,我们两人看着它飘过;)

A l'horizon   s'il fume un toit de chaume, Le voir fumer;
在 [-]地平线 如果[-]冒烟 一个 屋顶 …的 茅屋, [屋顶] 看 冒烟;
(如果在地平线上有一所茅屋的屋顶在冒烟,我们看着它冒烟;)

Aux alentours, si quelque fleur embaume, S'en embaumer;
在   周围, 如果 一些 花 散发香气, 让它使 充满香气;
(如果周围有一些花散发着香气,让它使我们吸入香气;)

Entendre au pied du saule où l'eau   murmure, L'eau murmurer,
听   在…脚下 …的 柳树 [那里][-]流水 潺潺作响, [-]流水 潺潺作响,
(听着那柳树脚下的潺潺流水,)

Ne pas sentir tant que ce rêve dure Le temps durer,
不 [-] 感觉 只要 这 梦 持续 [-] 时光 持续,
(不要去感觉,只要这梦能持续到时光的尽头,)

Mais n'apportant de passion profonde Qu'à s'adorer,
但 不 带来 [-] 激情 深厚的 比 对 彼此相爱,
(没有其它的感情能与我们的爱相比,)

Sans nul souci des querelles du monde, Les   ignorer,
没有 任何 操心 关于 争吵 …的 世界, [争吵] 不理会,
(对于人世间的争吵不必操心,对它们不予理睬,)

Et seuls tous deux devant tout ce qui lasse, Sans se lasser;
而 惟独 所有 俩人 在… 这一切 使厌倦前, 没有 厌倦;
(面对一切使人厌倦的事物,惟独我们俩人没有厌倦;)

Sentir l'amour devant tout ce qui passe, Ne point passer!
感觉 [-]爱情 在… 这一切 消失前, 不 一点 消失!
(面对一切消失的事物,只感觉到爱情是永恒的!)

♪ 69 ♪

Fauré
福雷

Au   Cimetière
在 墓 地

Heureux qui meurt ici, Ainsi que les oiseaux des champs!
　幸福　［他］　死　这里，　　像　　　［-］　鸟儿　…的　田野!
(死在这里的他是幸福的,像田野里的鸟儿一样!)

Son corps, près des amis, Est mis dans l'herbe et dans les chants.
他的　躯体，　靠近[-]　朋友们，　是　放　在…[-]草坪下　和　在…　[-]　歌唱中。
(他的躯体靠近他的朋友们,在歌唱中被埋在草坪下。)

Il dort d'un bon sommeil vermeil, Sous le ciel radieux.
他　睡　以一个好的　睡眠　鲜红的，　在…　[-]　天空　绚丽的…下。
(他在绚丽的天空下,安眠在平静和幸福中。)

Tous ceux qu'il a connus, venus, Lui font de longs adieux.
所有　那些人 [-]他 曾 认识的，　来，　对他 给与　以 长时间的　告别。
(他曾认识的人都来,向他致以长时间的告别。)

A sa croix les parents, pleurants, Restent agenouillés;
在 他的十字架 [-]　亲属，　哭着，　　保持　　　跪着;
(他的亲属们哭着,跪在他的十字架旁;)

Et ses os, sous les fleurs, de pleurs Sont doucement mouillés.
和 他的 骨头，在…　[-]　鲜花…下,以　泪水　被　慢慢地　　润湿。
(而他的骨头,在鲜花下,慢慢地被泪水润湿。)

Chacun, sur le bois noir,　　Peut voir s'il était jeune ou non,
每个人，　在…[-]　木板 黑色的…上,能够 看见 是否他 是　年轻　或　不,
(在黑色的墓牌上,人人都能看出他是否年轻,)

Et peut, avec de vrais regrets, L'appeler par son nom.
并　能够，怀着 以 真实的　遗憾，[他] 称呼　用　他的　名字。
(并能怀着真诚的遗憾叫出他的名字。)

Combien plus malchanceux sont ceux qui meurent à la mé,
　多么　　更　　倒霉的　　　是 那些人[他们] 死　在…[-]海上,
(那些死在海上的人是多么不幸,)

Et sous le flot profond S'en vont loin du pays aimé!
并 在… ［-］波浪 深的…下   他们离开 远离 从 家乡 可爱的!
(他们在深深的海浪下远离了可爱的故乡!)

Ah! pauvres! qui pour seuls linceuls Ont les goëmons verts,
啊! 可怜的人们! ［他们]作为 唯一的 裹尸布   有 ［-］ 海藻 绿色的,
(啊! 可怜的人们! 只有绿色的海藻是他们的裹尸布,)

Où l'on roule inconnu, tout nu, Et les yeux grands ouverts!
在那里 他们 滚动 姓名不详的,完全 无遮盖的,和 ［-］ 眼睛 大的   打开!
(他们在那里默默无闻地滚动着,毫无遮盖,眼睛还睁得大大的!)

Aurore
曙　光

Des jardins de la nuit s'envolent les étoiles,
从　花园　…的 [-] 夜晚　消失　　[-]　星星,
(星星从夜晚的花园里消失,)

Abeilles d'or qu'attire un invisible miel;
 蜜蜂 金黄色的[-] 吸引　一个不可见的　蜂蜜;
(像那不可见的蜂蜜吸引着金黄色的蜜蜂那样;)

Et l'aube, au loin, tendant la candeur de ses toiles,
而 [-]拂晓, 在 远处, 伸展着 [-]　单纯　…的 它的　蛛网,
(而拂晓,在远处,像蜘蛛织网那样,)

trame de fils d'argent le manteau bleu du ciel.
 织　以　线 …的 银子　[-]　外套　蓝色的 …的 天空。
(单纯地撒开银线,织出天空的蓝色外套。)

Du jardin de mon coeur qu'un rêve lent enivre,
从　花园　…的 我的　心　[心]一个 梦　缓慢地 使陶醉,
(一个梦缓慢地陶醉了我心中的花园,)

S'envolent mes désirs sur les pas du matin,
 飞走　　我的　愿望　在… [-]脚步上…的 早晨,
(随着早晨的来临,我的愿望飞走,)

Comme un essaim léger qu'à l'horizon de cuivre,
　像　一个 蜂群 轻盈的 [-]向 [-]地平线 …的　铜,
(像轻盈的蜂群飞向金色的天边,)

appelle un chant plaintif, éternel et lointain.
 呼唤 一首　歌　哀怨的, 永久的　和　遥远的。
(一首哀怨的歌遥远而无止境地在召唤。)

Ils volent à tes pieds, astres chassés des nues,
它们 飞 到…你的脚…下,　星星　被赶走 从[-]　云彩,
(我的愿望飞到你的脚下,云层将星星赶走,)

Exilés   du   ciel   d'or   où   fleurit   ta   beauté,
驱逐   从   天空 金色的 那里   开花   你的   美貌,
(从充满着你美貌的金色天空中赶走,)

Et,   cherchant   jusqu'à   toi   des   routes   inconnues,
然后,   寻找   直到   你 以[-]   途径   未知的,
(然后,采取未知的途径找到你那里,)

Mêlent   au   jour   naissant   leur   mourante   clarté.
 混合   与   白日   新生的   它们的 即将消失的 光亮。
(它们那即将消失的光亮与黎明混为一体。)

Fauré   Automne
福雷   秋　季

Automne au ciel brumeux, aux horizons navrants,
　秋季　[-]　天空　有雾的，　[-]　地平线　令人伤心的，
(秋季,有雾的天空,令人伤心的地平线,)

Aux rapides couchants, aux aurores palies,
[-]　迅速的　日落，　[-]　曙光　暗淡的，
(匆匆的日落,暗淡的曙光,)

Je regarde couler comme l'eau du torrent, Tes jours faits de mélancolie.
我　注视　流逝　像　[-]水 …的　激流，　你的　日子　招致　忧郁。
(我注视着你那忧郁的生活,像激流中的水流逝而去。)

Sur l'aile des regrets, mes esprits emportés,
在…[-]翅膀 …的　悔恨…上, 我的　灵魂　被夺去，
(在悔恨的翅膀上,我的灵魂被夺走,)

Comme s'il se pouvait que notre âge renaisse,
　好象　[-]它　可能　[-]　我们的 寿命　再生，
(好象我们的生命可能再生,)

Parcourent en rêvant les coteaux enchantés, Où, jadis, sourit ma jeunesse!
　走遍　在 做着梦 [-]　山丘　迷人的， 那里, 往日，微笑 我的　青春!
(在梦中走遍了迷人的山丘,在那里,我曾度过我愉快的青春!)

Je sens au clair soleil du souvenir vainqueur,
我　感觉 在…明亮的阳光…下 关于　回忆　胜利者，
(我在阳光下感到胜利者的回忆,)

Refleurir en bouquet les roses déliées,
再开花　在…花束…中 [-]　玫瑰　解开的，
(在被摘的玫瑰花束中再次开花,)

Et monter à mes yeux des larmes, qu'en mon coeur
然后 爬上 到 我的　眼睛　[-]　眼泪，　[-]在… 我的 心…中
(然后我眼睛里流出眼泪,我心中的

Mes vingt ans avaient oubliées!
我的 二十个 年月　已经　被忘却!
(那二十个年华已被遗忘!)

♪ 74 ♪

Fauré

福雷

Chanson d'Amour
爱 之 歌

J'aime tes yeux, j'aime ton front,
我 爱 你的 眼睛, 我 爱 你的 额头,
(我爱你的眼睛,我爱你的额头,)

Ô ma rebelle, ô ma farouche,
噢 我的不顺从的人,噢 我的不合群的人,
(噢我的倔姑娘,我的野姑娘,)

J'aime tes yeux, j'aime ta bouche Où mes baisers s'épuiseront.
我 爱 你的 眼睛, 我 爱 你的 嘴 [那里] 我的 吻 将耗尽。
(我爱你的眼睛,我爱你的嘴,在你嘴上我将耗尽我的吻。)

J'aime ta voix, j'aime l'étrange grace de tout ce que tu dis,
 我 爱 你的 嗓音, 我 爱 [-]离奇的 恩赐 …的 全部的 你 说,
(我爱你的声音,我爱上帝赐给你的一切离奇的话,)

Ô ma rebelle, ô mon cher ange, mon enfer et mon paradis!
噢 我的不顺从的人,噢 我的 亲爱的 天使, 我的 地狱 和 我的 天堂!
(噢我的倔姑娘,我亲爱的天使,我的地狱和我的天堂!)

J'aime tes yeux, j'aime ton front, J'aime tout ce qui te fait belle,
 我 爱 你的 眼睛, 我 爱 你的 额头, 我 爱 一切 [-] 使你显得 美丽的,
(我爱你的眼睛,我爱你的额头,我爱那使你美丽的一切,)

De tes pieds jusqu'à tes cheveux, Ô toi vers qui montent mes voeux,
从 你的 脚 直到 你的 头发, 噢你 向 [你] 升起 我的 祝愿!
(从你的脚直到你的头,噢,我向你祝愿,)

Fauré

福雷

Clair de Lune
月 光

(见德彪西同名诗。)

Fauré
福雷

Dans les Ruines d'une Abbaye
在修道院的废墟中

Seuls, tous deux, ravis, chantants, comme on s'aime,
单独地, 全部 两个, 心醉神迷的, 歌唱着, 多么 它们 相爱,
(只有这两个在心醉神迷地唱着歌。它们彼此多么相爱,)

Comme on cueille le printemps que Dieu sème,
好像 它们 获得 [-] 春天 [春天]上帝 播种,
(犹如它们获得了上帝播种的春天,)

Quels rires étincelants dans ces ombres,
什么样的 笑 横溢的 在… 这些 树荫…中,
(在这些树荫中洋溢着欢笑声,)

Jadis pleines de fronts blancs, de coeurs sombres.
往日 充满 以 面孔 苍白的, 以 心 忧郁的。
(往日都满是苍白的面孔和忧郁的心。)

On est tout frais mariés,
它们 是 完全 新近的 已婚的,
(它们是新婚者,)

On s'envoie, les charmants cris variés,
它们 互送, [-] 迷人的 叫声各种各样的,
(它们互相传送着迷人的、各种各样的叫声,)

De la joie frais échos mêlés au vent qui frissonne,
…的[-] 欢乐 清新的 回声 混合 与 风 [风]微微抖动,
(欢乐清新的回声与微微抖动的风声混在一起,)

Gaité que le noir couvent assaisonne.
活泼 [-] [-]阴暗的 修道院 润色。
(使那阴暗的修道院变得充满了生机。)

On effeuille des jasmins sur la pierre,
它们 摘花瓣 …的 茉莉花 在… [-] 墓石…上,
(它们摘下墓石上的茉莉花瓣,)

Où l'abbesse joint les mains en prière,
那里［-］女修道院长结合　双手　在…祈祷…中，
(在墓石上女修道院长正在合手祈祷,)

On se cherche, on se poursuit,
它们　　相互寻找，　它们　　互相追赶，
(它们相互寻找、相互追赶,)

On sent croître ton aube amour dans la nuit Du vieux cloître.
它们 感觉　生长　你的　黎明　爱情　在…［-］夜间…的 老的 修道院。
(它们在夜间的老修道院里感到了你新生的爱情。)

On s'en va se becquetant, on s'adore,
它们　飞走　　互啄着，　　　　它们 彼此爱慕，
(它们互啄着飞走,它们彼此爱慕,)

On s'embrasse à chaque instant, puis encore,
它们　互相接吻　在　每一　　时刻，然后　　再次，
(它们时时刻刻都在互相接吻,一次又一次,)

Sous les piliers, les arceaux, et les marbres:
在…　［-］支柱…下,［-］拱门…下, 和 ［-］大理石…下:
(在柱石、拱门和大理石下。)

C'est l'histoire des oiseaux dans les arbres.
　这是　［-］故事…的　　鸟儿　在…　［-］树林…中。
(这是林中小鸟的故事。)

Fauré
福雷

En Prière
祈　祷①

Si   la   voix   d'un   enfant   peut   monter   jusqu'à   Vous,   O   mon   Père,
如果 [-] 声音…的一个 孩子 可能 上升 直到… 您…那里，噢 我的 天父，
(如果一个孩子的声音能直升到您那里,噢我的天父,)

Ecoutez   de   Jésus,   devant   Vous   à   genoux,   La   prière!
聆听 于 耶稣，在… 您…面前 跪在地上，[-] 祈祷!
(请聆听跪在您面前的耶稣做的祈祷!)

Si   Vous   m'avez   choisi   pour   enseigner   vos   lois   sur   la   terre,
如果 您 把我已 挑选 为 传授 您的 法典 在… [-]尘世…上，
(如果您已选择我在尘世上传授您的法典,)

Je   saurai   Vous   servir,   auguste   Roi   des   rois,   O   Lumière!
我 将知道 为您 尽责，尊严的 王 …的 王，噢 伟人!
(我将知道如何为您尽责,尊严的王中之王,噢至高无尚的人!)

Sur   mes   lèvres,   Seigneur,   mettez   la   vérité   Salutaire,
在… 我的 嘴唇…上，上帝，放置 [-] 真理 救世的，
(上帝,请赐给我救世真理的口才,)

Pour   que   celui   qui   doute,   avec   humilité,   Vous   révère!
以致 那个人 [他] 疑虑，用 谦卑，对您 崇敬!
(从而使那有疑虑的人能谦卑地崇敬您!)

Ne   m'abandonnez   pas,   donnez-moi   la   douceur   nécessaire,
不要 把我 抛弃 [-]，请给 我 [-] 仁慈 必要的，
(不要抛弃我,请赐我必要的仁慈,)

Pour   apaiser   les   maux,   soulager   la   douleur,   la   misère!
为 使平静 [-] 受难者，减轻 [-] 痛苦，[-] 不幸!
(为使受难者得到平静,减轻他们的痛苦和不幸!)

---

① 耶稣的受难地。

♪ 78 ♪

Révélez-Vous à moi, Seigneur en qui je crois, et j'espère,
请启示 您 对 我, 上帝 对 [上帝]我 相信, 和 我 期望,
(请您给我启示,我所信奉和期望的上帝,)

Pour Vous je veux souffrir, et mourir sur la croix, Au Calvaire!
为 您 我 愿意 承受痛苦,并 死 在… [-]十字架上,在 卡威尔˙!
(我愿为您承受痛苦,并到卡威尔去死在十字架上!)

Fauré

福雷

En Sourdine

静 悄 悄

(见德彪西同名诗。)

Fauré
福雷

Fleur Jetée
被抛弃的花

Emporte ma folie Au gré du vent,
带走　我的 激情, 随着 意向…的　风,
(把我的激情随风带走,)

Fleur en chantant cueillie Et jetée en rêvant,
花　在…　唱歌时　采摘的　并 抛弃 在…做梦时,
(欢笑时被采摘的花,在梦中被抛弃,)

Emporte ma folie Au gré du vent,
　带走　我的 激情, 随着 意向 …的　风,
(把我的激情随风带走,)

Comme la fleur fauchée Périt l'amour.
　像　　[-]　花　　割下的　死亡 [-] 爱情。
(爱情像被摘下的花朵那样死去。)

La main qui t'a touchée Fuit ma main sans retour,
[-]　手　[手]你曾　接触　逃避 我的　手　不再　　回还,
(那只曾抚摸你的手,逃离我的手,再不回来,)

Que le vent qui te sèche, Ô parvre fleur,
但愿 [-]　风　[风]把你 吹干,　噢　可怜的　花,
(但愿那把你吹干的风,噢可怜的花,)

Tout à l'heure si fraîche, Et demain sans couleur,
　刚才　　　　如此 新鲜,　而　明天　没有　　颜色,
(刚才还如此新鲜,而明天便失去光彩,)

Que le vent qui te sèche, Ô pauvre fleur,
但愿 [-]　风　[风]把你 吹干,　噢　可怜的　花,
(但愿那把你吹干的风,噢可怜的花,)

Que le vent qui te sèche, Sèche mon coeur.
但愿 [-]　风　[风]把你 吹干,　　吹干 我的　　心。
(但愿那把你吹干的风,也吹干我的心。)

♪ 80 ♪

Fauré
福雷

Green
青　春

(见德彪西同名歌曲。)

Fauré
福雷

Ici-bas
人　世　间

Ici-bas   tous   les   lilas   meurent,
人世间 所有的 [-] 百合花   死去,
(人世间所有的百合花都要死去,)

Tous   les   chants   des   oiseaux   sont   courts,
所有的[-]   歌曲   …的   鸟   是   短暂的,
(所有鸟儿的歌都是短暂的,)

Je   rêve   aux   étés   qui   demeurent   toujours!
我   梦见 [关于] 夏天 [它]   延续   永远地!
(我梦见永不流逝的夏天!)

Ici-bas   les   lèvres   effleurent
人世间 [-]   嘴唇   轻触的
(人世间,人们接吻

Sans   rien   laisser   de   leur   velours,
没有任何东西 保留   [-] 它们的 甜蜜、柔美的东西,
(不留下一点甜蜜和柔美的感觉,)

Je   rêve   aux   baiser   qui   demeurent   toujours!
我   梦见 [关于]   吻   [它]   逗留   永远地!
(我梦见永不消逝的吻!)

Ici-bas,   tous   les   hommes   pleurent
人世间, 所有的 [-]   人们   哭泣
(人世间,人们都

Leurs amitiés ou leurs amours,
他们的 友情 或 他们的 爱情,
(为他们的友情或爱情哭泣,)

Je rêve aux couples qui demeruent,
我 梦见 [关于]成对的人[他们] 居住,
(我梦见成双成对的人一起生活,)

Qui demeurent toujours!
他们 居住 永远!
(他们永远一起生活!)

Fauré
福雷

La Lune Blanche Luit dans les Bois
洁白的月亮照耀在森林中

La lune blanche luit dans les bois;
［-］月亮 白色的 照耀 在… ［-］ 森林…中;
(洁白的月亮照耀着森林;)

De chaque branche part une voix sous la ramée,
从 每一个 树枝 发出 一个 声音 在… ［-］枝叶…下,
(每根树枝的枝叶下发出一个声音,)

O bien-aimée!
噢 心爱的人!
(噢心爱的人!)

L'étang reflète, profond miroir,
［-］池塘 反映, 深的 镜子,
(池塘象一面镜子反射出

Les silhouette de saule noir Où le vent pleure.
［-］ 轮廓 …的 柳树 黑色的 那里 ［-］ 风 哭泣。
(黑色柳树的倒影,那里晚风在哭泣。)

Rêvons, c'est l'heure!
让我们做梦,这是［-］ 时刻!
(让我们做梦吧,时候到了!)

Un vaste et tendre apaisement
一个广阔的 和 柔和的 平静
(一片广阔而柔和的平静

Semble descendre du firmament que l'astre irise,
似乎 降临 从 天空 ［-］ ［-]天体 使呈现虹色,
(似乎从天降临,使月亮呈现虹色,)

C'est l'heure exquise.
这是 ［-］时刻 卓绝的。
(这是美妙的时刻。)

Fauré   # Le Secret
福雷   # 隐　私

Je veux que le matin l'ignore
我 愿 [-] [-] 早晨 对它不理会
(但愿清晨没有理会

Le nom que j'ai dit à la nuit,
[-] 名字 [名字]我曾 说 对 [-] 夜晚,
(我对夜晚说过的那个名字,)

Et qu'au vent de l'aube, sans bruit,
并 [-]与 风 …的 [-]拂晓, 没有 声音,
(还愿它随着黎明的风,悄悄地

Comme une larme il s'évapore.
　像　一滴 眼泪 [它] 挥发。
(像眼泪那样挥发掉。)

Je veux que le jour le proclame
我 愿 [-] [-]白日[把它] 宣告
(但愿白日能宣布

L'amour qu'au matin j'ai caché,
[-]爱情[爱情]对 早晨 我曾 隐藏,
(我曾对清晨隐藏的爱情,)

Et sur mon coeur ouvert penché
并 在… 我的 心 打开的…上 倾斜
(并像点燃的乳香那样

Comme un grain d'encens il l'enflamme.
　像　一 粒 …的 乳香 [-]把它 点燃。
(依偎在我打开的心房上。)

Je veux que le couchant l'oublie Le secret que j'ai dit au jour,
我 愿 [-] [-] 夕阳 把它忘却 [-] 隐私[隐私]我曾 说 对 白日,
(但愿夕阳能忘却我曾对白日说过的隐私,)

Et l'emporte avec mon amour, Aux plis de sa robe pâlie!
并 把它 带走 与 我的 爱情, 到 褶子 …的它的 长袍 变浅的!
(并把隐私和我的爱情一起带向那浅色的晚霞!)

♪ 84 ♪

Fauré
福雷

Les Berceaux
摇　篮

Le long du Quai, les grands vaisseaux,
　沿着　　［-］　码头，［-］　大的　　　　船，
(沿着码头,那些大船,)

Que la houle incline en silence,
［-］　［-］波涛起伏 倾斜　在…沉默…中，
(默默地在波涛中漂荡,)

Ne prennent pas garde aux berceaux,
不要　采取　　［-］　注意［对那些］摇篮，
(不要在意那些)

Que la main des femmes balance,
［摇篮］［-］手　…的　　妇女们　　摆动，
(妇女们的手摇晃的摇篮,)

Mais viendra le jour des adieux,
　但　将来到　［-］一天　…的　告别，
(告别的日子将要来到,)

Car il faut que les femmes pleurent,
因为　必然　　［-］　［-］　妇女们　　　哭泣,
(妇女们必然会哭泣,)

Et que les hommes curieux Tentent les horizons qui leurrent!
而　［-］　［-］　男人们　好奇的　探索　［-］　天涯　［-］　引诱!
(而好奇的男人们必然要去探索诱人的天涯!)

Et ce jour-là les grands vaisseaux, Fuyant le port qui diminue,
而　这　一天　［-］　大的　　　船，　　远离着［-］港口［-］　缩小
(当那些大船离开港口逐渐消失的那一天,)

Sentent leur masse retenue Par l'âme des lointains berceaux.
　感觉　他们的　全部　　扣留　被　［-］灵魂…的　远处的　摇篮(诞生地)。
(他们全都被远处诞生地的灵魂牢牢抓住。)

♪ 85 ♪

Fauré
福雷

Les Roses d'Ispahan
伊斯法罕的玫瑰花

Les roses d'Ispahan dans leur gaine de mousse,
[-] 玫瑰花…的伊斯法罕 在… 它们的 套子 …的 绿色…中,
(在绿色花托中的伊斯法罕的玫瑰花,)

Les jasmins de Mossoul, les fleurs de l'oranger,
[-] 茉莉花 …的 摩苏尔, [-] 花 …的[-]桔树,
(摩苏尔的茉莉花,桔花,)

Ont un parfum moins frais, ont une odeur moins douce,
有 一股 芳香 较少 清新的, 有 一股 气味 较少 甜蜜,
(噢纯洁的莱伊拉! 它们的芳香和气味,)

O blanche Leilah! que ton souffle léger.
噢 洁白的 莱伊拉! 比 你的 气息 轻盈的。
(不如你的轻吻更为清新和甜蜜。)

Ta lèvre est de corail, et ton rire léger
你的 嘴唇 是 …的 珊瑚红, 和 你的 笑声 轻快的
(你的朱唇和轻快的笑声

Sonne mieux que l'eau vive et d'une voix plus douce.
鸣响 更好 比 [-]水 活的 和 有一个 嗓音 更 甜蜜。
(比流水更好听,你的嗓音更甜蜜。)

Mieux que le vent joyeux qui berce l'oranger,
更好 比 [-] 风 愉快的 [风] 摇晃 [-] 桔树,
(比那摇晃着桔树的轻风更好听,)

Mieux que l'oiseau qui chante au bord d'un nid de mousse.
更好 比 [-] 鸟 [鸟] 唱歌 在 边上…的 一窝 …的 苔藓。
(比在绿丛边上唱歌的鸟儿更好听。)

O Leïlah! Depuis que de leur vol léger
噢 莱伊拉! 自从 [-] [-]它们的 飞翔 轻盈的
(噢莱伊拉! 自从你如此甜蜜的嘴唇上所有的吻,)

♪ 86 ♪

Tous les baisers ont fui de ta lèvre si douce
所有的 [-] 吻 已逃离 从 你的 嘴唇 如此 甜蜜
(轻盈地飞离你以后,)

Il n'est plus de parfum dans le pâle oranger,
那里没有 再 …的 芳香 在… [-] 浅淡的 桔树 …下,
(浅淡的桔树下再没有芳香,)

Ni de céleste arôme aux roses dans leur mousse.
也没有 卓绝的 芳香 在[-] 玫瑰花 在…它们的 绿(套)…中。
(那些绿色花托中的玫瑰花也失去了卓绝的芳香。)

Oh! que ton jeune amour, ce papillon léger
哦! 但愿 你的 初恋, 这 蝴蝶 轻盈的
(哦! 但愿你的初恋,这轻盈的蝴蝶

Revienne vers mon coeur d'une aile prompte et douce,
回来 向 我的 心 以一个 翅膀 灵敏的 和 温柔的,
(灵敏而温柔地飞回我心中,)

Et qu'il parfume encor la fleur de l'oranger,
并 愿它 使充满香味 再次 [-] 花 …的 [-] 桔树,
(并愿它再次使桔树花散发芳香,)

Les roses d'Ispahan dans leur gaine de mousse.
[-] 玫瑰花…的伊斯法罕 在…它们的 套子 …的 绿色…中。
(也使绿色花托中的伊斯法罕的玫瑰花再次散发芳香。)

♪ 87 ♪

Fauré
福雷

L'Hiver a Cessé
冬季已过

L'Hiver a cessé, la lumière est tiède
[-]冬季 已 停止, [-]光 是 温和的
(冬季已过,温和的阳光

Et danse, du sol au firmament clair,
并 跳舞, 从 土地 向 天空 明净的,
(从大地飘向晴空,)

Il faut que le coeur le plus triste cède
必须 [-] [-] 心 [-] 最 忧伤的 让步
(散布在空气中的无限欢乐)

A l'immense joie eparsé dans l'air.
于 [-] 无限的 欢乐 分散的 在… [-]空气…中。
(必然要取代那最忧伤的心。)

J'ai depuis un an le printemps dans l'ame
我有 自从 一 年来[-] 春天 在… [-]心灵…中
(自从一年来我心灵中的春天)

Et le vert retour du doux floréal,
和 [-] 绿的 再现 …的 甜蜜的 花月,
(和甜蜜花季的青翠再现,)

Ainsi qu'une flamme entoure une flamme,
好像 [-]一个 火焰 围绕 一个 火焰,
(好像一团团的火焰,)

Met de l'idéal sur mon idéal.
添加 以 [-]理想 在…我的 理想…上。
(使我的理想更加深远。)

Le ciel bleu prolonge, exhausse et couronne
[-] 天空 蓝色的 延伸, 加高 和 环绕
(蓝天使永恒的蔚蓝色延伸、加高并环绕四周,)

L'immuable azur où rit mon amour,
[-] 不变的 蔚蓝色 那里 欢笑我的 爱情,
(在那里我的爱情在欢笑,)

La saison est belle et ma part est bonne,
[-] 季节 是 美丽 和我的 份额 是 良好的,
(季节多么美丽,我是多么满意,)

Et tous mes espoirs ont enfin leur tour.
而 所有 我的 希望 有 终于 他们的 轮值。
(而我全部的希望终于实现。)

Que vienne l'Eté! Que viennent encore
愿 来到 [-]夏季! 愿 来到 再次
(愿夏季来临! 愿

L'Automne et l'Hiver! ET chaque saison
[-] 秋季 和 [-]冬季! 和 每一个 季节
(秋季和冬季也来临! 而每一个季节)

Me sera charmante, ô toi que décore
对我 将是 迷人的, 噢 你 [你] 装饰
(对我都将是迷人的,噢你,)

Cette fantaisie et cette raison!
这 幻想 和 这 理智!
(被这幻想和理智装饰的你!)

♪ 89 ♪

Fauré
福雷

Lydia
莉 迪 亚

Lydia sur tes roses joues Et sur ton col frais et si blanc,
莉迪亚 在…你的 粉色 面颊…上 和 在… 你的脖子上 清新的和 如此洁白的,
(莉迪亚,在你粉红的脸和清新洁白的脖子上,)

Roule étincelant L'or fluide que tu dénoues;
转动 闪烁地 [-]金色 流体 [流体] 你 解开;
(你解开的金色头发闪烁地飘荡;)

Le jour qui luit est le meilleur, Oublions l'éternelle tombe;
[-] 一天 [它] 发光 是 [-] 最好的, 我们忘记 [-] 永恒的 坟墓;
(晴朗的那天是最美好的一天,让我们忘记那永恒的坟墓;)

Laisse tes baisers, tes baisers de colombe
让 你的 吻, 你的 吻 …的 鸽子
(让你的吻,你那鸽子似的吻

Chanter sur ta lèvre en fleur.
唱歌 在… 你的 嘴唇 以 花…上。
(在你如花的嘴唇上唱歌。)

Un lys caché répand sans cesse Une odeur divine en ton sein;
一朵百合花藏起的 发出 无 休止 一阵 气味 绝妙的 在…你的 胸…中;
(一朵含苞欲放的百合花不停地从你胸中散发出阵阵奇妙的芳香;)

Les délices comme un essaim Sortent de toi, jeune déesse.
[-] 快乐 好似 一群 蜜蜂 出 自 你, 年轻的 女神。
(快乐好似蜂群一样从你飞出,年轻的女神。)

Je t'aime et meurs, ô mes amours,
我 为你爱 和 死, 噢我的 爱,
(我为你爱,为你死,噢我的爱,)

Mon âme en baisers m'est ravie!
我的 心灵 在…吻…中 从 我是 夺走!
(在吻中,我的心灵被夺走!)

O Lydia rends-moi la vie, Que je puisse mourir toujours!
噢 莉迪亚 还 我 [-]生命,这样 我 可能 死 永远!
(噢莉迪亚,还我生命,以便我能永远死去!)

♪ 90 ♪

Fauré
福雷

Mai
五　月

Puisque Mai tout en fleurs dans les près nous réclame,
　自从　　五月 一切　盛开鲜花　在…〔-〕牧场上 对我们　请求,
(从五月起,盛开鲜花的牧场召唤我们,)

Viens, ne te lasse pas de mêler à ton âme
　来,　不　你厌烦　〔-〕　去　使结合 与 你的 心灵
(来吧,不停地把你的心灵融合于

La campagne, les bois, les ombrages charmants,
〔-〕　乡村,　〔-〕 树林,〔-〕　绿阴　　迷人的,
(乡村,树林,迷人的绿阴)

Les larges clairs de lune au bord des flots dormants;
〔-〕宽广的　光亮 …的 月亮 在…边上 …的　河水　　睡觉的;
(和平静的河水边的皎洁月光;)

Le sentier qui finit où le chemin commence,
〔-〕 小径　〔-〕结束 在…〔-〕　道路　开始…的地方,
(在小径的尽头,大路开始的地方

Et l'air, et le printemps et l'horizon immense,
和〔-〕天空,和〔-〕　春天　　和〔-〕天际　　无边的,
(还有天空,春天和无边的天际,)

L'horizon que ce monde attache humble et joyeux,
〔-〕天际　　〔-〕　这个　世界　　栓住　谦卑的 和　愉快的,
(这个谦卑而愉快的世界连接的天边,)

Comme un lèvre au bas de la robe des cieux.
　像　一个 嘴唇　在底下　…的〔-〕 长袍 …的　天空。
(像是苍天的长袍下的裙边。)

Viens, et que le regard des pudiques étoiles,
　来,　并 愿〔-〕 目光　…的　害羞的　　星星,
(来吧,愿那害羞的星星的目光,)

♪ 91 ♪

Qui tombe sur la terre à travers tant de voiles,
[星光] 降落 在… [-]大地上 穿过 如此多的 帷幕,
(透过如此多的帷幕照在大地上,)

Que l'arbre pénétré de parfums et de chants,
愿 [-]树木 被浸透 以 芳香 和 以 歌唱,
(愿被芳香和歌唱浸透的树木,)

Que le souffle embrasé de midi dans les champs,
愿 [-] 微风 灼热的 …的中午 在… [-] 田野中,
(愿田野中,阳光下的暖风,)

Et l'ombre et le soleil, et l'onde, et la verdure,
和 [-] 树阴 和 [-] 太阳, 和 [-]海水, 和 [-] 青翠草木,
(还有树阴和太阳,海水和青翠草木,)

Et le rayonnement de toute la nature,
和 [-] 光辉 …的 所有 [-] 大自然,
(和所有大自然的光辉,)

Fassent épanouir, comme une double fleur,
引起 心花怒放, 像 一朵 重瓣花,
(像重瓣花那样,)

La beauté sur ton front et l'amour dans ton coeur!
[-] 美貌 在…你的前额…上 和 [-]爱情 在… 你的 心…中!
(使你的美貌和你心中的爱情尽情开放!)

Fauré
福雷

Mandoline
曼 陀 林

(见德彪西同名歌曲。)

Fauré
福雷

Nell
奈　尔

Ta rose de poupre à ton clair soleil, O Juin, étincelle enivrée,
你的玫瑰 …的 紫色 在…你的 明亮的阳光下, 噢 六月, 放出光芒 使陶醉的,
(噢六月,你的紫色玫瑰在你明亮的阳光中,使人陶醉地放出光芒,)

Penche aussi vers moi ta coupe dorée: Mon coeur à ta rose est pareil.
倾斜 也 向 我 你的 杯子 镀金的: 我的 心 与 你的 玫瑰 是 相同的。
(也向我伸出你的金色酒杯:我的心有如你的玫瑰。)

Sous le mol abri de la feuille ombreuse, Monte un soupir de volupté;
在… [-]柔软的隐藏处 的[-]树叶 多荫的…下 升起 一声 叹息 …的 快感;
(在树荫下那柔软的隐藏处发出一声舒畅的叹息;)

Plus d'un ramier chante au bois écarté, O mon coeur, sa plainte amoureuse.
多 于一只 鸽子 歌唱 在…树林里 偏僻的, 噢 我的 心, 它的 呻吟 多情的。
(一些鸽子在远处树林里歌唱,噢,我的心,它多情的呻吟。)

Que ta perle est douce au ciel enflammé,
多么 你的 珍珠 是 柔和的 在…天空中 发亮的,
(沉思的夜空中的星星,在闪亮的空中

Etoile de la nuit pensive!
星星 …的 [-]夜 沉思的!
(你像明珠一样柔和!)

Mais combien plus douce est la clarté vive
但 多么 更 柔和 是 [-] 光 鲜明的
(但那照在我心里,照在我陶醉的心里的

Qui rayonne en mon coeur, en mon coeur charmé!
[它] 照耀 在…我的 心…里, 在…我的 心里 陶醉的!
(光芒更为柔和!)

Ne fleurisse plus ton image!
不 开花 再 你的 形影!
(在你的形影不再在我心中焕发光彩之前!)

♪ 93 ♪

Avant qu'en mon coeur, chère amour, ô Nell,
在…之前 在…我的 心中, 亲爱的 爱人, 噢 奈尔,
(亲爱的人,噢奈尔,)

La chantante mer, le long du rivage, Taira son murmure éternel,
[-] 唱着歌的 大海, 沿着[-] 海岸, 将停止它的 淙淙声 无休止的,
(若沿着海岸的涛涛大海,将先停止它那无休止的隆隆声,)

Fauré
福雷

Notre amour
我们的爱情

Notre amour est chose légère, Comme les parfums que le vent
我们的 爱情 是 事情 轻快的, 像 [-] 香味 [香味] [-] 风
(我们的爱情很轻快,就像风)

Prend aux cimes de la fougère,
带走 从 [-] 顶 …的 [-] 蕨,
(从蕨顶上带走的香味,)

Pour qu'on les respire en rêvant;
为了 [-]人们 [它们] 吸 在…做梦象;
(为了人们在梦中把它们吸入;)

Notre amour est chose légère!
我们的 爱情 是 事情 轻快的!
(我们的爱情很轻快!)

Notre amour est chose charmante, Comme les chansons du matin,
我们的 爱情 是 事情 迷人的, 像 [-] 歌曲 …的 清晨,
(我们的爱情很迷人,就像清晨的歌曲,)

Où nul regret ne se lamente, Où vibre un espoir incertain;
那里没有 悔恨 不 哀叹, 那里 颤动 一个 希望 不清晰的;
(那里没有悔恨,一个不清晰的希望在那里颤动,)

Notre amour est chose charmante!
我们的 爱情 是 事情 迷人的!
(我们的爱情很迷人!)

Notre amour est chose sacrée, Comme les mystères des bois,
我们的 爱情 是 事情 神圣的, 像 [-] 奥秘 …的 森林,
(我们的爱情很神圣,就像森林的奥秘,)

Où tressaille une âme ignorée, Où les silences ont des voix;
那里 颤抖 一颗 心灵 未知的, 那里 [-] 寂静 有 [-] 声音;
(那里一颗未知的心灵在颤抖,那里的寂静有响声;)

♪ 95 ♪

Notre amour est chose sacrée!
我们的 爱情 是 事情 神圣的!
(我们的爱情很神圣!)

Notre amour est chose infinie, Comme les chemins des couchants,
我们的 爱情 是 事情 无止境的, 像 [-] 路程 …的 夕阳,
(我们的爱情无止境,就像夕阳的路程,)

Où la mer, aux cieux réunie,
那里 [-] 海洋, 与 天空 集合,
(在那里海天相连,)

S'endort sous les soleils penchants;
入睡 在… [-] 太阳 倾斜的…下;
(在西斜的太阳下入睡;)

Notre amour est chose éternelle,
我们的 爱情 是 事情 永恒的,
(我们的爱情是永恒的,)

Comme tout ce qu'un dieu vainqueur A touché du feu de son aile,
像 所有的事情 一个 神 得胜者的 曾 摸 以 火 …的 他的 翅膀,
(就像万能之神用他翅膀的火曾触摸过的一切,)

Comme tout ce qui vient du coeur;
像 所有的 [它] 来 自 心;
(就像来自心中的一切;)

Notre amour est chose éternelle!
我们的 爱情 是 事情 永恒的!
(我们的爱情是永恒的!)

Fauré
福雷

Prison
牢　房①

Le ciel est par dessus le toit, Si bleu, si calme...
[-] 天空 是 在… 上面 [-] 屋顶，如此蓝， 如此 宁静…
(屋顶上面的天空,如此蓝,如此宁静…)

Un arbre, par dessus le toit, Berce sa palme...
一棵 树， 在… 上面 [-] 屋顶，摇动 它的 棕榈叶…
(屋顶上面的那棵树,晃动着它的棕榈叶…)

La cloche dans le ciel qu'on voit, Doucement tinte,
[-] 钟 在… [-]天空下 [-]人们 看见， 轻柔地 缓慢地敲响，
(人们看见空中的钟,轻柔而缓慢地敲响,)

Un oiseau sur l'arbre qu'on voit, Chante sa plainte...
一只 鸟 在…[-]树上 [-]人们 看见， 唱着 它的 怨言…
(人们看见一只鸟在树上,诉说着它的哀怨…)

Mon Dieu, mon Dieu! La vie est là Simple et tranquille!
我的 上帝， 我的 上帝! [-]生活 就在那里 单一 和 平静!
(我的上帝,我的上帝! 生活就是那样简单而平静!)

Cette paisible rumeur là Vient de la ville...
这 安静的 传闻 那里 来 自 [-]城市…
(从城市悄悄传来的传闻…)

Qu'as-tu fait, ô toi que voilà, pleurant sans cesse
什么曾你 做， 噢 你 [-] 在那里， 哭着 没有 休止
(你干什么了,噢,在那里不停地哭着的你,）

Dis, qu'as-tu fait, toi que voilà, de ta jeunesse?
说， 什么曾你 做， 你 [-] 在那里, 在 你的 青年时代?
(说啊,在那里的你,你年青时干什么了?)

_____

① 哈恩亦为此诗谱曲。

♪ 97 ♪

Fauré
福雷

Rencontre
相　遇

J'étais triste et pensif Quand je t'ai rencontrées;
我曾是 忧郁的 和 沉思的 当… 我 与你曾 相遇…时;
(当我与你相遇时我曾忧郁和沉思;)

Je sens moins, aujourd'hui, mon obstiné tourment.
我 感觉 较少, 今天, 我的 执拗的 苦恼。
(今天我感觉我那执拗的苦恼已减轻。)

Ô dis-moi, Serais-tu la femme inespérée
噢 说 对我, 能是 你 [-] 女人 出乎预料的
(噢告诉我,难道你是那个意外的女人

Et le rêve idéal poursuivi vainement?
和 [-] 梦 完美的 被追求的 徒然地?
(和那被徒然追求的完美的梦吗?)

O passante aux doux yeux Serais-tu donc l'amie
噢 过路人 带着 甜蜜的 眼睛 能是 你 原来 [-]朋友
(噢长着甜蜜眼睛的过路人,难道你就是那个

Qui rendrait le bonheur au poète isolé?
[朋友] 提供 [-] 幸福 予 诗人 孤独的?
(给孤独的诗人带来幸福的朋友吗?)

Et vas-tu rayonner, Sur mon âme affermie,
并 去 你 放射光芒, 在… 我的 心灵 激励的…上,
(难道你还能把光芒照在我激励的心灵上,)

Comme le ciel natal sur un coeur d'exilé?
像 [-] 天空 故乡的 在… 一颗 心上 …的流亡者?
(像故乡的天空照在一颗流亡者的心上那样吗?)

Ta tristesse sauvage à la mienne pareille,
你的 忧伤 孤僻的 与 [-] 我的(忧伤)相同,
(你那孤僻的忧伤与我的忧伤一样,)

Aime à voir le soleil décliner sur la mer!
喜爱 去 看 [-] 太阳 落 在…[-] 海上!
(喜欢看落在海上的太阳!)

Devant l'immensité ton extase s'éveille,
在… [-]无边…面前 你的 心醉神迷 苏醒,
(面对无边的天际你的醉意苏醒了,)

Et le charme des soirs à ta belle âme est cher.
和 [-] 魅力 …的 夜晚 对 你的美丽的 心灵 是 珍贵的。
(夜晚的魅力对你美丽的心灵是珍贵的。)

Une mystèrieuse et douce sympathie
一个 神秘的 和 甜蜜的 同感
(一个神秘而甜蜜的感觉

Déjà m'enchaîne à toi comme un vivant lien,
已经 把我 束缚 向 你 像 一个栩栩如生的绳索,
(已经像一条活生生的绳索把我和你缚在一起,)

Et mon âme frémit, par l'amour envahie,
和 我的 心灵 颤动, 被 [-]爱情 侵袭,
(被爱情所征服,我心颤动,)

Et mon coeur te chèrit sans te connaître bien.
和 我的 心 对你 珍爱 没有 对你 了解 很。
(而我还没有了解你就已把你珍爱在心。)

Fauré
福雷

Rêve d'Amour
爱 之 梦

S'il est un charmant gazon Que le ciel arrose,
假如它是 一片 迷人的   草坪［草坪］[-] 上天 浇灌，
(假如有一片老天浇灌的迷人的草地，)

Où naisse en toute saison Quelque fleur éclose,
那里 诞生 在 所有的 季节   一些   花朵 刚开的，
(那里花儿盛开在四季，)

Où l'on cueille à pleine main, lys, chèvrefeuille et jasmin,
那里[-]人们 采摘   大把地， 百合花，   忍冬   和 茉莉花，
(那里人们大把大把地采摘着百合、忍冬和茉莉，)

J'en veux faire le chemin Où ton pied se pose.
我那里 愿   创造 [-]   道路 那里 你的 脚   停落。
(我要在那里开一条你可以落脚的小路。)

S'il est un sein bien aimant, Dont l'honneur dispose,
假如它是 一颗 胸怀 非常 深情的， 在那里[-] 荣誉   拥有，
(假如有一颗非常深情的心,在那里有荣誉，)

Dont le tendre dévouement N'ait rien de morose,
在那里[-] 温柔的   忠诚   从来没有   忧郁的，
(在那里有从不忧郁的温柔的忠诚，)

Si toujours ce noble sein Bat pour un digne dessein,
假如 总是   这 崇高的 胸怀 跳动 为了 一个 高尚的   目的，
(假如这颗崇高的心总是为高尚的目标跳动，)

J'en veux faire le coussin Où ton front se pose.
我[心] 愿   创造 [-]   靠垫 那里 你的 额头   被放置。
(我愿使这颗心成为你的头可以休息的靠垫。)

S'il est un rêve d'amour Parfumé de rose,
假如它是 一个 梦 …的 爱情   使芳香   以 玫瑰，
(假如有一个充满玫瑰芳香的爱情之梦，)

♪ 100 ♪

Où l'on trouve chaque jour Quelque douce chose,
那里[-]人们 找到 每一 天 一些 美妙的 东西,
(那里人们每天都能找到一些美妙的事情,)

Un rêve que Dieu bénit, Où l'âme à l'âme s'unit,
一个 梦 ［梦］上帝 祝福, 那里[-]心灵 与 [-]心灵 结合,
(一个上帝祝福的梦,那里心心相印,)

Oh! j'en veux faire le nid Où ton coeur se pose.
噢! 我［梦］愿 创造 [-]窝 那里 你的 心 安置。
(噢! 我愿这个梦成为可以让你的心休息的安乐窝。)

Fauré
福雷

Soir

晚　年

Voici que les jardins de la nuit vont fleurir,
这会儿[-] [-] 花园 …的 [-] 夜晚 将 繁荣,
(夜晚的花园即将盛开,)

Les lignes, les couleurs, les sons deviennent vagues;
[-] 轮廓, [-] 色彩, [-] 声音 变得 模糊;
(轮廓、色彩、声音都变得模糊;)

Vois! le dernier rayon agonise à tes bagues,
看! [-] 最后的 光芒 濒临灭亡 在…你的 戒指…上,
(看,你戒指上的最后一线光芒即将消失,)

Ma soeur, entends- tu pas quelque chose mourir?
我的 姐妹, 领会 你 不 一些 事物 死去?
(我的姐妹,你不感到有些东西在消失吗?)

Mets sur mon front tes mains fraîches comme une eau pure,
放 在…我的 额头上 你的 手 纯洁的 像 一滴 水 纯净的,
(把你那像水那样纯洁的手放在我脸上,)

Mets sur mes yeux tes mains douces comme des fleurs,
放 在…我的 眼睛上你的 手 温柔的 像 [-] 花,
(把你那像花那样温柔的手放在我眼睛上,)

Et que mon âme où vit le goǔt secret des pleurs,
并 愿 我的 心灵[那里]生活[-]爱好 秘密的 [-] 眼泪,
(但愿我那寄隅于眼泪中的隐私心灵,)

Soit comme un lys fidèle et pale à ta ceinture!
是 像 一朵百合花忠诚的 和 浅淡的 在 你的 周围!
(像一朵忠诚而浅淡的百合花围绕着你!)

C'est la pitié qui pose ainsi son doigt sur nous,
这是 [-] 恻隐心[它] 放 如此 它的 手指 在…我们之间,
(这是插在我们之间的恻隐之心,)

Et tout ce que la terre a de soupirs qui montent,
而 全部的 [-]大地 有 [-] 叹息 [叹息] 升起,
(整个大地发出了叹息,)

Il semble, qu'à mon coeur enivré, le racontent
它 好象, [-]对 我的 心 陶醉的,[把它] 讲述
(你那仰望天空、忧伤而温柔的眼睛

Tes yeux levés au ciel si tristes et si doux!
你的 眼睛 抬起的 向 天空 如此 忧伤 和 如此 温柔!
(好像在对我陶醉的心讲述这一切!)

Fauré
福雷

Sylvie

西 尔 维

Si tu veux savoir ma belle,
如果你 希望 知道 我的 美人,
(如果你想知道,我的美人,)

Où s'envole à tire d'aîle, L'oiseau qui chantait sur l'ormeau?
哪里 飞走 [-]发射 以翅膀,[-] 鸟 [它] 唱歌 在…[-]小榆树上?
(在小榆树上唱歌的鸟儿拍打着翅膀飞向哪里?)

Je te le dirai, ma belle,
我 对你 [-] 将说, 我的 美人,
(我将对你说,我的美人,)

Il vole vers qui l'appelle Vers celui-là Qui l'aimera!
它 飞 向 [那人]向它召唤 向 那个人 [那人] [-] 将爱!
(它飞向那个将爱它并召唤它的人!)

Si tu veux savoir ma blonde,
如果你 希望 知道 我的 金发女郎,
(如果你想知道,我的金发女郎,)

Pourquoi sur terre et sur l'onde La nuit tout s'anime et s'unit?
 为什么 在…大地上 和 在…[-]海水 上[-] 夜晚 非常地 兴奋 和 协调?
(为什么陆地和海上的夜晚是那样地生气勃勃和协调?)

Je te le dirai ma blonde,
我 对你 [-] 将说 我的 金发女郎,
(我将对你说,我的金发女郎,)

C'est qu'il est une heure au monde Où, loin du jour, Veille l'amour!
这是 [-]它 是 一个 时刻 在… 世界上 那里,远离 从 白日,夜间看守[-] 爱情!
(因为这是人世间远离白日的时刻,爱情在夜间守护!)

Si tu veux savoir Sylvie,
如果你 希望 知道 西尔维,
(如果你想知道,西尔维,)

♪ 104 ♪

Pourquoi j'aime à la folie Tes yeux brillants et langoureux?
为什么 我 爱 狂热地 你的 眼睛 明亮的 和 伤感的?
(为什么我狂热地爱着你那明亮而伤感的眼睛?)

Je te le dirai Sylvie,
我 对你[-] 将说 西尔维,
(我将对你说,西尔维,)

C'est que sans toi dans la vie Tout pour mon coeur, N'est que douleur!
这是 [-] 没有 你 在… [-]生活里 一切 为 我的 心, 没有 只 痛苦!
(这是因为生活里如果没有你,我心中只有痛苦!)

Fauré
福雷

Toujours
永　远

Vous me demandez de me taire,
您 对我 要求 以 沉默不语,
(您要求我沉默,)

De fuir loin de vous pour jamais,
去 逃避 远的 从 您 永远地,
(永久地远离您,)

Et de m'en aller, solitaire, Sans me rappeler qui j'aimais!
并 去 走开, 单独的, 不 回忆起 〔那人〕我 曾爱!
(并独自走开,不再回忆我曾爱过的人!)

Demandez plutt aux étoiles De tomber dans l'immensité,
　要求 更早 向 星星 去 跌落 到… 〔-〕无边之下,
(您要求星星早些从天边落下,)

A la nuit de perdre ses voiles, Au jour de perdre sa clarté,
向 〔-〕 夜去 消失 它的 帷幕, 向 白日 去 消失 它的 光明,
(要求夜幕消失,要求白日失去光明,)

Demandez à la mer immense De dessécher ses vastes flots,
　要求 向〔-〕海 无限的 去 使干枯 它的 巨大的 波涛,
(要求无际的大海里的波涛干枯,)

Et, quand les vents sont en démence, D'apaiser ses sombres sanglots!
还有, 当 〔-〕风 是 骚乱, 去 使平静 它们的 阴沉的 呜咽!
(还有,当狂风刮起时,平息它们的咆哮!)

Mais n'espérez pas que mon âme S'arrache à ses âpres douleurs
但 不要期望 〔-〕 〔-〕我的 心灵 摆脱 对 它的 尖锐的 痛苦
(但您不要期望我的心会停止剧烈的悲痛,)

Et se dépaille de sa flamme Comme le printemps de ses fleurs!
并 排除 从 它的 情火 像 〔-〕 春天 从 它的 花朵!
(并从心中排除情火就像春天排除它的花朵那样!)

Fauré
福雷

Tristesse
忧　伤

Avril　est　de　retour,　La　première　des　roses,
四月　是　回来,　　［-］　最先者　…的　玫瑰花,
(四月到了,第一朵初绽的玫瑰花,)

De　ses　lèvres　mi-closes,　Rit　au　premier　beau　jour.
以　它的　唇瓣　半开的,　　笑　向　第一个　好的　日子。
(用它那半开的花瓣向第一个晴天微笑。)

La　terre　bienheureuse　S'ouvre　et　s'épanouit,
［-］　大地　非常快乐的　　开放　并　变得喜悦,
(快乐的大地也喜气洋洋,)

Tout　aime,　tout　jouit,
一切　爱,　一切　享乐,
(一切都沉浸在爱和欢乐中,)

Hélas!　j'ai　dans　le　coeur　une　tristesse　affreuse!
哎呀!　我有　在…　［-］心中　一个　忧伤　可怕的!
(哎呀! 我心中有一种可怕的忧伤!)

Les　buveurs　en　gaité　Dans　leurs　chansons　vermeilles
［-］　嗜酒者　愉快的　在…　他们的　歌唱　鲜红的…中
(哪些愉快的嗜酒者在欢乐的歌声中)

Célèbrent　sous　les　treilles　Le　vin　et　la　beauté.
庆祝　　在…　［-］葡萄棚下　［-］葡萄酒和　［-］　美丽。
(在葡萄棚下畅饮葡萄酒庆祝美景。)

La　musique　joyeuse,　Avec　leur　rire　clair,　S'éparpille　dnas　l'air,
［-］　音乐　欢乐的,　　和　他们的笑声　明亮的,　分散　在…　［-］空气中,
(欢乐的音乐,夹杂着他们明亮的笑声,散布在空中,)

Hélas!　j'ai　dans　le　coeur　une　tristesse　affruese!
哎呀!　我有　在…　［-］心中　一个　忧伤　可怕的!
(哎呀! 我心中有一种可怕的忧伤!)

En déshabillé blanc Les jeunes demoiselles
穿着　便服　白色的　[-]　年青的　小姐们
(年青的小姐们穿着白色的便服,)

S'en vont sous les tonnelles Au bras de leur galant,
他们消失　　在…　[-]　凉亭下　在…　胳膊上　的　她们的情郎,
(挽着情郎的胳膊走到凉亭下,)

La lune langoureuse Argente leurs baisers Longuement appuyés,
[-]　月亮　　无精打采的　使银光闪闪他们的　吻　　长时间地　　紧压的,
(昏暗的月光下他们长时间的热吻,)

Hélas! j'ai dans le coeur Une tristesse affreuse!
　哎呀!　我有　在…　[-]心中　一个　　忧伤　可怕的!
(哎呀! 我心中有一种可怕的忧伤!)

Moi je n'aime plus rien, Ni l'homme ni la femme,
而我 我　不 爱　　再　没有,　既不[-]男人　也不[-]　女人,
(而我,我却什么也不爱,既不爱男人也不爱女人,)

Ni mon corps ni mon âme, Pas même mon vieux chien:
既不我的　躯体　也不我的　灵魂,　不　甚至　　我的　老的　狗:
(既不爱我的躯体也不爱我的灵魂,甚至不爱我的老狗:)

Allez dire qu'on creuse
　去　告诉 [-] 人们　挖
(告诉人们在浅色的草坪下

Sous le pâle gazon Une fosse sans nom,
在…　[-]浅淡的　草坪…下　一个　墓穴　没有　名字,
(去挖一个没有名字的墓穴,)

Hélas! j'ai dans le coeur une tristesse affreuse!
哎呀!　我有　在…　[-]　心中　一个　忧伤　可怕的!
(哎呀! 我心中有一种可怕的忧伤!)

Flégier
弗莱吉埃

Le Cor
号　角①

J'aime le son du cor, le soir, au fond des bois,
我 爱 ［-］声音 …的 号角，［-］傍晚，在［-］深处 …的 树林，
(我爱那傍晚树林深处的号角声,)

Soit qu'il chante les pleurs de la biche aux abois,
也许［-］它 歌唱 ［-］ 眼泪 …的［-］母鹿 处在 绝境，
(也许它在歌唱陷于绝境中的母鹿的眼泪,)

Ou l'adieu du chasseur que l'écho faible accueille,
或 ［-］告别 …的 猎人 ［-］［-］回声 衰弱的 迎接，
(或是从远处的回声中迎来猎人的告别,)

Et que le vent du nord porte de feuille en feuille;
并 ［-］［-］ 风 从 北面 运送 以 叶子 到 叶子;
(并由北风从树丛中传送;)

J'aime le son du cor, le soir, au fond des bois!
我 爱 ［-］声音 …的 号角，［-］傍晚，在［-］深处 …的 树林，
(我爱那傍晚树林深处的号角声,)

Que de fois, seul, dans l'ombre à minuit demeuré
多么 以 次, 独自的, 在… ［-］暗处 在 半夜 停留
(很多次,独自在午夜的黑暗中

J'ai souri de l'entendre, et plus souvent pleuré!
我曾 微笑 ［-］ 把它 听到, 而 更 经常 流泪!
(当我听到它时,我曾微笑,但更多是落泪!)

Car je croyais ouïr de ces bruits prophétiques
因为 我 认为 听到 从 这些 喧闹声 有预见的
(因为我想我从中听到了预示那些古代勇士们

---

① 比利牛斯山脉的一个峡谷,以查理曼大帝后方军队的灾难而驰名,当时罗朗被出卖并全军覆没。

Qui précédaient la mort des paladins antiques.
［它］ 在…之前 ［-］死亡 …的 勇士们 古代的。
(在死亡前的声音。)

Bien souvent, seul, dans l'ombre à minuit demeuré
非常 经常地, 独自的,在… ［-］黑暗中 在 午夜 停留
(独自在午夜的黑暗中

J'ai souri de l'entendre, et plus souvent pleuré!
我曾 微笑 ［-］ 把它 听到, 而 更 经常 流泪!
(当我听到它时,我曾微笑,但更多是落泪!)

Ame des chevaliers, revenez-vous encor?
灵魂 …的 骑士们, 重现 你们 再?
(骑士们的英灵,你们还会再现吗?)

Est-ce vous qui parlez avec la voix du cor?
这是 你们 ［你们］说话 以 ［-］声音 …的 号角?
(是你们用号角声在说话吗?)

Roncevaux! Roncevaux! dans ta sombre vallée
龙瑟沃* (峡谷)! 龙瑟沃! 在… 你的 阴暗的 山谷中
(龙瑟沃! 龙瑟沃! 在你阴暗的峡谷中

L'ombre du grand Roland n'est donc pas consolée!
［-］阴影 …的 伟大的 罗朗 不是 仍 ［-］ 安慰!
(伟大罗朗的幽灵仍未得到安慰!)

J'aime le son du cor, le soir, au fond des bois.
我 爱 ［-］声音 …的 号角, ［-］傍晚, 在[-]深处 …的 树林。
(我爱那傍晚树林深处的号角声。)

Franck
弗朗克

La Procession
列　队

Dieu s'avance à travers les champs
上帝　向前移动　穿过　　　[-]　田野
(上帝通过荒野、牧场、绿色的山毛榉丛,)

Par les landes, les près, les verts taillis de hêtres.
经过 [-] 荒野, [-] 牧场, [-] 绿色的 矮林 …的 山毛榉。
(穿过田野向前走来。)

Il vient, suivi du peuple, et porté par les prêtres:
他 来, 跟随 以 百姓, 并 携带 由 [-] 神甫:
(他来了,后面跟着百姓,并由神甫们带领着:)

Aux cantiques de l'homme, oiseaux, mêlez vos chants!
带着 感恩歌 …的 [-] 人类, 鸟儿, 加入你们的 歌声!
(和着人类和鸟类的感恩歌,加入你们的歌声吧!)

On s'arrête. La foule autour d'un chêne antique
人们 停步。 [-] 人群 围绕 在一棵 橡树 古老的
(人们停下来。人群围绕在一棵古老的橡树周围,)

S'incline, en adorant, sous l'ostensoir mystique:
弯腰, 在 崇拜着, 在… [-]圣体显供台下 神秘的:
(在神秘的祭坛下弯腰崇拜:)

Soleil! darde sur lui tes longs rayons couchants!
太阳! 照射 在上[它] 你的 长 光芒 夕阳的!
(太阳啊! 把夕阳的光芒照在圣体显供名上!)

Aux cantiques de l'homme, oiseaux, mêler vos chants!
带着 感恩歌 …的 [-] 人类, 鸟儿, 加入你们的 歌声!
(和着人类和鸟类的感恩歌,加入你们的歌声吧!)

Vous, fleurs, avec l'encens exhalez votre arôme!
你们, 花, 和… [-]乳香 散发出 你们的 芳香!
(你们,花儿和乳香一起散发你们的芳香吧!)

♪ 111 ♪

O fête!   tout reluit, tout prie et tout embaume!
噢 瞻礼日！一切闪闪发光,一切 祈祷 并 一切 散发香味!
(噢,瞻礼日！一切都在闪闪发光、一切都在祈祷和散发出香气!)

Dieu s'avance à travers les champs
上帝 向前移动 穿过 ［-］ 田野
(上帝穿过田野向前走来。)

Franck
弗朗克

Le Marriage des Roses
玫瑰花的婚姻

Mignonne, sais-tu comment S'épousent les roses?
宝贝, 知道你 如何 成为夫妻 ［-］ 玫瑰花?
(宝贝,你知道玫瑰花是怎样成亲的吗?)

Ah! cet hymen est charmant, cet hymen est charmant!
啊! 这 婚姻 是 迷人的, 这 婚姻 是 迷人的!
(啊! 这婚姻是迷人的!)

Quelles tendres choses Elles disent en ouvrant
多么 温情的 事情 她们 说 当… 打开
(当她们打开她们闭着的花瓣时,)

Leurs paupières closes!
她们的 眼睑 关闭的…时!
(她们说着那样温情的事!)

Mignonne, sais-tu comment S'épousent les roses?
宝贝, 知道你 如何 成为夫妻 ［-］ 玫瑰花?
(宝贝,你知道玫瑰花是怎样成亲的吗?)

Elles disent: aimons-nous! Si courte est la vie!
她们 说: 让我们相爱! 如此 短 是 ［-］ 生命!
(她们说:让我们相爱吧! 生命是如此短暂!)

Ayons les baisers plus doux, l'âme plus ravie!
让我们有[-] 吻 更 甜蜜的, [-]心灵 更 心醉神迷!
(让我们的吻更甜蜜,心灵更加愉快!)

Pendant que l'homme à genoux Doute, espère ou prie!
既然 ［-］男人 跪在地上 怀疑, 期望 或 祈祷!
(既然,跪倒在地的男人还在怀疑、期望或祈祷!)

O mes soeurs, embrassons-nous! Si courte est la vie!
噢 我的 姐妹们, 让我们互相接吻! 如此 短 是 ［-］生命!
(噢我的姐妹们,让我们互相接吻吧! 生命是如此短暂!)

♪ 113 ♪

Crois-moi, mignonne, crois-moi, Aimons-nous comme elles.
相信 我, 宝贝, 相信 我, 让我们相爱 像… 她们…一样。
(请相信我,宝贝,请相信我,让我们像她们一样相爱吧。)

Vois, le printemps vient à toi, Le printemps vient à toi.
看, [-] 春天 来到 向你, [-] 春天 来到 向 你。
(看,青春向你走来,青春向你走来。)

Et des hirondelles, Aimer est l'unique loi A leurs nids fidèles.
还有 [-] 燕子们, 去爱 是 [-]唯一的 法规 在…她们的 巢 忠诚的。
(还有燕子们,在她们忠诚的巢里相爱是唯一的法规。)

O ma reine, suis ton roi, Aimons-nous comme elles.
噢 我的 皇后, 跟随 你的 国王, 让我们相爱 像… 她们…一样。
(噢,我的皇后,跟随你的国王,让我们像她们一样相爱吧。)

Excepté d'avoir aimé, Qu'est-il donc sur terre?
除外 以有 被爱, 还有什么 那么 在…大地上?
(除去了爱,活在世上还有什么意思?)

Notre horizon est fermé, Ombre, nuit, mystère!
我们的 前景 是 关闭的, 阴暗, 夜晚, 神秘!
(我们的前景被掩盖在阴影、黑夜和神秘中!)

Un seul phare est allumé, L'amour nous l'éclaire,
一个唯一的 灯塔 是 点燃的, [-]爱情 为我们 把它照亮,
(只有一个灯塔是点燃的,爱情为我们把它照亮,)

Excepté d'avoir aimé Qu'est-il donc sur terre?
除外 以有 被爱, 还有什么 那么 在…大地上?
(除去了爱,活在世上还有什么意思?)

Franck
弗朗克

Lied
浪 漫 曲

Pour moi sa main cueillait des roses A ce buisson,
为 我 她的 手 曾采摘 [-] 玫瑰花 在…这 灌木丛中,
(她曾为我在这灌木丛中采摘玫瑰花,)

Comme elle encore à peine écloses, Chère moisson.
像 她 还 刚刚 刚开花的, 珍贵的 收获。
(就像她那样才刚刚开放,珍贵的花束。)

La gerbe, hélas! en est fanée Comme elle aussi;
[-] 花束, 唉! [-] 已 凋谢 像 她 也是;
(那花束,唉! 像她一样已经凋谢;)

La moissonneuse moissonnée Repose ici.
[-] 采摘姑娘 被采摘的 休息 在这里。
(那死去的采摘姑娘在这里长眠。)

Mais sur la tombe qui vous couvre, O mes amours!
但是 在… [-]墓碑上[墓碑] 把您 遮盖, 噢 我的 爱情!
(但在那遮盖您的墓碑上,噢我的爱!)

Une églantine, qui s'entre'ouvre, Sourit toujours,
一朵 犬蔷薇花, [它] 微开, 微笑 总是,
(一朵半开的犬蔷薇花总是在微笑,)

Et sous le buisson qui surplombe, Quand je reviens,
而 在… [-]灌木丛下 [它] 悬垂, 当… 我 回来时,
(而当我回来时,在悬垂的灌木丛下,)

Une voix me dit sous la tombe: "Je me souviens."
一个 声音 对我 说 在… [-]墓碑下:"我 记住。"
(一个声音从墓碑下对我说:"我不会忘记。")

Gounod
古诺

Aimons-nous
让我们相爱

Au fleuve le ruisseau se mêle, Et le fleuve à la mer!...
向[-]江河 [-] 小溪 加入, 和 [-] 江河 向[-] 海洋! …
(小溪流入江河,江河流入大海!)

Au vent la brise unit son aile, Se confond dans l'air!...
向[-] 风 [-] 微风 合并 它的 翅膀, 混合起来 到… [-]空气中! …
(微风的翅膀与大风一起飞向天空! …)

Femme, c'est la loi suprême!... Ange, c'est la douce loi!...
女人, 这是 [-] 规律 至高的! … 天使, 这是 [-] 甜蜜的 规律! …
(女人,这是至高的规律! 天使,这是甜蜜的规律!)

Tout veut s'unir à ce qu'il aime!... M'aimes-tu, dis moi?
一切 愿意 结合 到 那个 他 爱! … 对我 爱 你, 告诉 我?
(所有的人都愿意和他所爱的人结合在一起! 告诉我,你爱我吗?)

Vois les cieux dorer les cïmes!...
你看 [-] 宇宙 镀金 [-] 顶峰! …
(你看,宇宙使山顶金光闪闪!)

Vois s'unir les flots heureux!...
你看 汇合 [-] 河水 欢乐的! …
(你看,欢乐的河水汇合到一起!)

Vois se pencher sur les abïmes ces lierres amoureux!...
你看 俯身 在… [-] 无限…上 这些 常春藤 多情的! …
(你看,这些多情的常春藤欠着身子彼此关怀无限!)

Le soleil étreint la terre!... L'oisseau chante et pleure, hélas!...
[-] 太阳 搂抱 [-]大地! … [-] 鸟儿 歌唱 和 哭泣, 唉! …
(太阳拥抱大地! …鸟儿歌唱并哭泣,唉!)

Pourquoi ce divin mystère Si tu n'aimes pas!...
为什么 这 神奇的 奥秘 如果你 不 爱 [-]! …
(如果你不爱的话,为什么会有这神奇的奥秘!)

Comme ces rayons de flamme, Et ces flots, et ces zéphyrs,
像 这些 光芒 …的 爱情, 和 这些 河水, 和 这些 微风,
(就像这些爱情的光芒、这些河水和微风,)

Mon âme, cherche dans ton âme L'écho de ses soupirs!...
我的 心灵, 寻找 在…你的心灵中 [-]共鸣 …的 它的 叹息! …
(我心灵中的叹息在寻找你心灵中对它的反响!)

Comme ces oiseaux fidèles, Dans le nid de leurs amours,
像 这些 鸟儿 忠诚的, 在… [-]巢中 …的 它们的 爱情,
(就像这些忠诚的鸟儿在它们爱情的巢中,)

Blottis et pliant leurs ailes! Aimons-nous toujours!...
蜷缩 和 弯曲 它们的 翅膀! 爱 我们 永远!
(蜷缩起它们的翅膀那样! 让我们永远相爱吧!)

Gounod
古诺

Medjé(Chanson Arabe)

梅 德 热
(阿拉伯之歌)

Ô Medjé, qui d'un sourire Enchaînas ma liberté
噢 梅德热, [你]以一个 微笑 束缚 我的 自由
(噢梅德热,你一个微笑就束缚了我的自由,)

Sois fière de ton empire Commande à ma volonté.
是 以… 你的 统治权 支配 对 我的 意愿…为荣。
(我以你的统治来支配我的意愿为荣。)

Naguère encor, sans entraves, Comme l'oiseau dans les airs.
不久以前 仍然, 没有 束缚, 像 [-] 鸟儿 在… [-] 天空中,
(不久以前还像空中的小鸟一样自由,)

Ton regard a fait esclave Le libre enfant des déserts.
你的 目光 已 使成为 奴隶 [-] 自由的 孩子 …的 荒漠。
(你的目光已使荒漠中自由自在的孩子成为奴隶。)

Medjé! La voix de l'amour même Devrait te désaarmer! Hélas!
梅德热! [-] 声音 …的[-]爱情 本身 应该 使你 心软! 唉!
(梅德热! 爱情的声音总应该使你心软吧! 唉!)

Tu doutes que je t'aime Quand je meurs de t'aimer!
你 怀疑 [-] 我 对你 爱 当 我 死 予 对你 爱!
(我爱你爱得要命,你却怀疑我是否爱你!)

Ces bijoux que l'on t'envie J'ai vendu pour les payer,
这些 珠宝 [珠宝] [-]人们对你羡慕我已 出售 为了 [珠宝] 偿付,
(为了支付你这些被人羡慕的珠宝,我卖了

Ingrate plus que ma vie Mes armes et mon coursier!
无收益的 超过 我的 生命 我的 武器 和 我的 骏马!
(我最心爱的武器和骏马!)

Eh tu demandes quels charmes Tiennent mon coeur enivré?
唉 你 询问 什么 诱惑力 占据 我的 心 陶醉的?
(而你却问什么魅力占据了我陶醉的心?)

Tu n'as donc pas vu mes larmes? Toute la nuit j'ai pleuré!
你 没有 到底 [-] 看见 我的 眼泪? 整个的 [-] 夜 我[在] 哭泣!
(你难道没有看见我的眼泪吗? 我整夜都在哭泣!)

Medjé! Les pleures de l'amour même Devraient te désarmer!
梅德热! [-] 眼泪 …的 [-] 爱情 本身 应该 使你 心软!
(梅德热! 爱情的眼泪总应该使你心软吧!)

Hélas! tu doutes que je t'âime Quand je meurs de t'aimer!
唉! 你 怀疑 [-] 我 对你 爱 当 我 死 予 对你 爱!
(唉! 我爱你爱得要命,而你却怀疑我是否爱你!)

Tu veux lire dans mon ame pour y voir ton nom vainqueur!
你 愿意 辨认 在… 我的 心灵中 为 在那里看见 你的 名字 得胜者的!
(你想辨认我的心灵,以便在那里看到你那得胜者的名字!)

Eh bien prends! donc cette lame Eh plonge la dans mon coeur!
好吧 你拿! 那么 这把 剑 啊 刺入 把它 到… 我的 心中!
(好吧,你拿吧! 就把这把剑扎入我的心房!)

Regarde sans épouvante Et sans regrets superflus
你看 不要 惊恐 和 不要 悔恨 不必要的
(你不必惊恐也不必悔恨地看吧,)

Ton image encor vivante Dans ce coeur qui ne bat plus!
你的 影像 仍然 有生命的 在… 这颗 心中 [它] 不 跳 再!
(你的影像仍然活生生地在这颗不再跳动的心里!)

Medjé! Le sang de l'amour même Devrait te désarmer!
梅德热! [-] 血 …的 [-] 爱情 本身 应该 使你 心软!
(梅德热! 爱情的血总应该使你心软吧!)

Hélas! tu doutes que je t'aime Quand je meurs de t'aimer!
唉! 你 怀疑 [-] 我 对你 爱 当 我 死 予 对你 爱!
(唉! 我爱你爱得要命,而你却怀疑我是否爱你!)

Gounod
古诺

Sérénade
小　夜　曲

Quand tu chantes bercée Le soir entre mes bras,
当… 你 歌唱时 摇晃着 ［-］夜晚 在… 我的 双臂，
(晚上,当你在我怀里摇晃着歌唱的时候,)

Entends-tu ma pensée, Qui te répond tout bas?
领会 你 我的 思想， ［它］对你 回答 非常 低声的？
(你可领会我的思想,它非常轻声地在回答你?)

Ton doux chant me rappele Les plus beaux de mes jours.
你的 甜蜜的 歌 对我 提醒 ［-］ 最 美好的 …的 我的 日子。
(你那甜蜜的歌使我想起我最幸福的时光。)

Ah! Chantez, chantez, ma belle, Chantez, chantez toujours,
啊! 唱吧， 唱吧， 我的 美人， 唱吧， 唱吧 永远，
(啊! 唱吧,唱吧,我的美人,唱吧,永远地唱吧,)

Chantez, chantez, ma belle, Chantez toujours!
唱吧， 唱吧， 我的 美人， 唱吧 永远!
(唱吧,唱吧,我的美人,永远地唱吧!)

Quand tu ris, sur ta bouche L'amour s'épanouit;
当… 你 笑， 在…你的嘴唇上 ［-］爱情 开放；
(当你微笑时,爱情在你的嘴唇上开放;)

Et soudain le farouche Soupçon s'évanouit.
而 突然 ［-］ 残暴的 怀疑 消失。
(可怕的怀疑突然消失了。)

Ah! le rire fidèle Prouve un coeur sans détours.
啊! ［-］微笑 忠诚的 表明 一颗 心 没有 拐弯抹角。
(啊! 那忠诚的微笑直截了当地表明了一颗忠诚的心。)

Ah! Riez, riez, ma belle, Riez, riez toujours,
啊! 笑吧， 笑吧， 我的 美人， 笑吧， 笑吧 永远，
(啊! 笑吧,笑吧,我的美人,永远地笑吧,)

Riez, riez, ma belle, Riez, riez toujours!
笑吧, 笑吧, 我的 美人, 笑吧, 笑吧 永远!
(笑吧,笑吧,我的美人,笑吧,永远地笑吧!)

Quand tu dors, calme et pure Dans l'ombre sous mes yueux,
当… 你 睡觉时,平静的 和 纯洁的 在… [-]树荫下 在… 我的 眼睛下,
(当你在我的关怀下,平静而纯洁地在树荫里入睡时,)

Ton haleine murmure Des mots harmonieux.
你的 气息 喃喃地说 [-] 话 悦耳的,
(你的嘴喃喃地说着悦耳的话,)

Ton beau corps se révèle sans voile et sans atours.
你的 美丽的 身躯 显露 没有 遮掩 和 没有 打扮。
(没有遮掩也没有打扮地显露出你美丽的身躯。)

Ah! Dormez, dormez, ma belle, Dormez, dormez toujours,
啊! 睡吧, 睡吧, 我的 美人, 睡吧, 睡吧 永远,
(啊! 睡吧,睡吧,我的美人,睡吧,永远地睡吧,)

Dormez, dormez, ma belle, Dormez toujours!
睡吧, 睡吧, 我的 美人, 睡吧 永远!
(睡吧,睡吧,我的美人,永远地睡吧!)

Hahn
阿恩

D'une Prison
牢　房

(见福雷同名歌词。)

Hahn
阿恩

L'heure Exquise
美妙的时刻

La lune blanche Luit dans les bois;
[-] 月亮 洁白的　照耀 在… [-] 树林中;
(洁白的月光照耀在树林中;)

De chaque branche Part une voix Sous la ramée,
从　每一个　树枝　发出　一个 声音 在… [-] 树冠下,
(在树冠下每一个树枝都发出一个声音,)

O bienaimée!
噢　心爱的!
(噢,心爱的!)

L'étang reflète, Profond miroir La silhouette Du saule noir
[-]池塘　照出,　深的　镜子 [-]　轮廓　…的 柳树 黑的
(像深深的镜子,池塘照出柳树的倒影,)

Où le vent pleure. Rêvons! C'est l'heure!...
那里 [-] 风　哭泣。让我们做梦! 这是 [-] 时刻! …
(柳树在风中摇曳。让我们做梦吧! 时刻已到! …)

Un vaste et tendre Apaisement, Semble descendre
一个辽阔的 和　温柔的　平静,　　似乎　降临
(一阵辽阔而温柔的平静好像从天而降,)

Du firmament Que l'astre irise...
从　　天空　[天空][-]月亮 使呈现虹色…
(月亮把天空照成了虹色…)

C'est l'heure exquise.
这 是 [-] 时刻 美妙的。
(多么美妙的时刻。)

Hahn
阿恩

Si mes Vers Avaient des Ailes!
假如我的诗歌能长上翅膀!

Mes vers fuiraient, doux et frêles,
我的 诗歌 将飞逝, 轻柔的 和 微弱的,
(我的诗歌将轻柔而微弱地

Vers votre jardin si beau,
向 您的 花园 如此 美丽,
(飞向您美丽的花园,)

Si mes vers avaient des ailes Comme l'oiseau!
假如我的 诗歌 具有 [-] 翅膀 像 [-]鸟儿!
(假如我的诗歌能像鸟儿一样长上翅膀!)

Ils voleraient, étincelles, Vers votre foyer qui rit,
它们 将飞翔, 闪闪发光, 向 您的 火炉 [火炉]发笑,
(它们将闪闪发光地飞向您那欢笑的火炉,)

Si mes vers avaient des ailes Comme l'esprit.
假如我的 诗歌 具有 [-] 翅膀 像 [-]神灵。
(假如我的诗歌能像神灵一样长上翅膀。)

Près de vous, purs et fidèles, Ils accourraient, nuit et jour,
靠近 于 您, 纯洁的 和 忠诚的, 它们 将跑来, 黑夜 和 白日,
(日日夜夜,它们将纯洁而忠诚地飞到您身旁,)

Si mes vers avaient des ailes Comme l'amour!
假如我的 诗歌 具有 [-] 翅膀 像 [-] 爱情!
(假如我的诗歌能像爱情一样长上翅膀!)

Hüe
于埃

A des Oiseaux
致 鸟 儿

Bonjour, bonjour les fauvettes, Bonjour les joyeux pinsons,
你们好, 你们好 [-] 苔莺, 你们好 [-] 快乐的 燕雀,
(你们好,苔莺,你们好,快乐的燕雀,)

Eveilles les paquerettes Et les fleurs des verts buissons!
请叫醒 [-] 雏菊 和 [-] 花儿 …的 绿的 灌木丛!
(请叫醒雏菊和绿色灌木丛中的花儿!)

Toujours votre âme est en fête, Gais oiseaux qu'on aime à voir,
时常 你们的 心灵 是 在欢乐中, 愉快的 鸟儿 [-] 人们 喜欢 去看,
(你们心情愉快,人们喜欢看欢快的鸟儿,)

Pour l'amant et le poète, Vous chantez matin et soir!
为 [-] 情人 和 [-] 诗人, 你们 歌唱 早晨 和 傍晚!
(你们清晨和傍晚为情人和诗人歌唱!)

Mais dans le plaine, il me semble Qu'on a tendu des réseaux;
但 在… [-] 原野里, 它 对我 似乎是 [-] 人 已 张开 [-] 网;
(但在原野里,我觉得已经有人张开罗网;)

Voltigez toujours ensemble: En garde, petits oiseaux!
飞来飞去 总是 在一起; 提防, 小 鸟儿!
(你们总是一起飞来飞去;要提防,小鸟儿!)

Penchez-vous sans toucher terre, Voyez-vous au coin du bois,
倾斜 你们 不 触及 地面, 看见 你们 在 角落 …的 树林,
(你们不要飞到地上来,你们没有看见在树林的角落里,)

Vous guettant avec mystère, Ces enfants à l'oeil sournois?
把你们 窥视 带着 秘密, 那些 孩子 用[-]眼睛 阴险的?
(那些怀着阴险眼神的孩子在秘密地窥视你们吗?)

Ah, bien vite à tire d'aile, Fuyez, fuyez leurs appats;
啊, 很 快 拍打着翅膀, 躲避, 躲避 他们的 诱饵;
(啊,赶快振翅而飞,避开他们的诱饵;)

♪ 124 ♪

Venez avec l'hirondelle, Qui dans son vol, suit mes pas.
来　　同　[-]　燕子,　　[燕子]在…它的 飞行中,跟随 我的 足迹。
(和燕子一起来,燕子跟着我的足迹飞行。)

Dans mon jardin nulle crainte; Vous pourrez, d'un bec léger,
在…　我的　花园里 毫无　 忧虑; 你们　　可以　以一个 啄 细巧的,
(在我的花园里完全不用担心,你们可以用细巧的嘴

Piller, piller sans contrainte, Tous les fruits mûrs du verger.
掠夺,　掠夺 没有　　约束,　所有的 [-] 果实 成熟的 …的 果园。
(尽情地掠食果园里所有成熟的果实。)

Bonsoir, bonsoir les fauvettes, Bonsoir les joyeux pinsons,
　晚安,　晚安　[-]　苔莺,　　晚安 [-] 快乐的 燕雀,
(晚安,苔莺,晚安,快乐的燕雀,)

Endormez, les paquerettes Et les fleurs des verts buissons!
　使入睡,　[-]　雏菊　和 [-] 花儿 …的 绿的　 灌木丛!
(让雏菊和绿色灌木丛中的花儿入睡吧!)

♪ 125 ♪

Hüe
于埃

J'ai Pleuréen Rêve
我曾在梦中哭泣

J'ai pleuré en rêve: J'ai rêvé que tu étais morte;
我曾 哭泣 在… 梦中: 我曾 做梦 ［-］ 你 已 死去;
(我曾在梦中哭泣,我梦见你已死去;)

Je m'éveillai et les larmes coulèrent de mes joues.
我 醒来 并 ［-］ 眼泪 流下 从 我的 面颊。
(我醒来,眼泪从脸上流下。)

J'ai pleuré en rêve: J'ai rêvé que tu me quittais;
我曾 哭泣 在…梦…中: 我曾 做梦 ［-］ 你 从我 离去;
(我曾在梦中哭泣,我梦见你已离我而去;)

Je m'éveillai et je pleurai amèrement longtemps après.
我 醒来 并 我 哭泣 痛苦地 长时间地 之后。
(我醒来之后还长时间地在哭泣。)

J'ai pleuré en rêve: J'ai rêvé que tu m'aimais encore;
我曾 哭泣 在…梦…中: 我曾 做梦 ［-］ 你 对我 爱 仍然;
(我曾在梦中哭泣,我梦见你仍然爱我;)

et le torrent de mes larmes coule toujours, toujours.
而 ［-］ 急流 …的 我的 眼泪 流 总是, 总是。
(而我的眼泪不停地涌流。)

♪ 126 ♪

Koechlin

凯什兰

Si Tu le Veux
假如你愿意这样

Si tu le veux, Ô mon amour,
假如你 对此 愿意，噢 我的　爱，
(假如你愿意这样,噢,我的爱,)

Ce soir dès que la fin du jour Sera venue, Quand les étoiles surgiront,
这 晚上　 刚… 　[-]结尾 …的 白天 将　来到，　 当… 　[-] 星星　 出现…时，
(今晚,当白天刚刚结束,星星升起,)

Et mettront des clous d'or au fond Bleu de la nue,
并　 添加　 [-]　 钉子　以金 在[-] 深处 蓝色 …的 [-] 云天，
(并在云天的蓝色天际添上一些金色钉子时,)

Nous partirons seuls tous les deux Dans la nuit brune en amoureux,
我们　　 离开　单独地 两个一起 在… 　[-] 夜晚 棕色的…中 作为　 情人，
(我们两人单独地离开,到暗黑的夜里去谈情说爱,)

Sans qu'on nous voie; Et tendrement je te dirai
没有　[-] 人 把我们 看见; 和　 温情地　 我 对你 将说
(没有人看见我们;我将温情地对你唱

Un chant d'amour où je mettrai Toute ma joie.
一个　歌　 …的 爱情 那里 我　 将放　 全部　我的 欢乐。
(一首爱情之歌,在歌中寄托了我全部的欢乐。)

Mais quand tu rentreras chez toi, Si l'on te demande pourquoi,
但　　 当… 你　　 回到　　 你家 …时，如果[-]人 对你 问起　　 为什么，
(但当你回家时,如果有人问你:)

Mignonne fée, Tes cheveux sont plus fous qu'avant,
娇小可爱的仙女，你的　 头发　　 是　更　 乱的　比 以前，
(娇小可爱的姑娘,你的头发怎么变得乱了?)

Tu répondras que seul le vent T'a décoiffée,
你　 将回答　 [-]　只是 [-] 风　 把你 弄乱头发，
(你将回答,是风把你的头发弄乱的,)

Si tu le veux, Ô mon amour.
假如你 对此 愿意，噢 我的　 爱，
(假如你愿意这样,噢,我的爱,)

♪ 127 ♪

Liszt
李斯特

Oh! Quand Je Dors
哦！当我睡觉时①

Oh! quand je dors, viens auprès de ma couche
哦! 当… 我 睡觉时, 来到 靠近 …的 我的 床
(哦! 当我睡觉时,就像洛蕾出现在

Comme à Pétrarque apparaissait Laura.
 像 对 彼特拉克* 曾出现 洛蕾。
(彼特拉克面前一样来到我的床边。)

Et qu'en passant ton haleine me touche,
并 愿 当… 经过…时 你的 呼吸 把我 触及,
(当你经过时,愿你的呼吸轻拂我,)

Soudain ma bouche S'entrouvrira!
 突然 我的 嘴唇 将微微张开!
(突然我的嘴微微张开!)

Sur mon front morne où peutêtre s'achève
在… 我的 前额 忧郁的…上 那里 可能 完成
(在我忧郁的脸上,也许被

Un songe noir qui trop longtemps dura,
一个 梦 忧伤的 [梦] 太 长时间 延续,
(一个忧伤的梦折磨了很久的脸上,)

Que ton regard comme un astre s'élève,
 愿 你的 眼神 像 一颗星 升起,
(愿你的眼神像一颗升起的星星,)

soudain mon rêve Rayonnera, Reyonnera! ah!
 突然 我的 梦 将放射光芒, 将放射光芒! 啊!
(突然使我的梦放射光芒! 啊!)

---

① 古时候,意大利诗人彼特拉克在《抒情诗集》中倾诉对恋人洛蕾的爱情,以进行精神恋爱。

Puis sur ma lèvre où voltige une flamme,
然后 在… 我的嘴唇上 那里 漂浮 一团 火焰,
(然后在我的嘴唇上,漂浮着一团火焰,)

Eclair d'amour que Dieu même épura,
闪光 …的 爱情 [-] 上帝 他本人 净化,
(上帝净化的爱情的闪光,)

Pose un baiser, et d'ange deviens femme,
置放 一个 吻, 而后 从天使 变成 女人,
(放上一个吻,而天使变成了女人,)

Soudain mon âme S'éveillera, S'éveillera.
突然 我的 心灵 将苏醒, 将苏醒。
(突然我的心灵将苏醒,将苏醒。)

Oh! viens! comme à Pétrarque apparaissait Laura!
哦! 来吧! 像 对 彼特拉克* 曾出现 洛蕾。
(哦! 来吧! 就像洛蕾出现在彼特拉克面前一样!)

Martini
马蒂尼

Plaisir d'amour
爱情的喜悦

Plaisir d'amour ne dure qu'un moment;
爱情 …的 喜悦 [不] 持续 [只] 片刻;
(爱情的喜悦只能持续片刻;)

chagrin d'amour dure toute la vie.
忧伤 …的 爱情 持续 全部 [-] 生命。
(爱情的忧伤却要持续整个生命。)

J'ai tout quitté pour l'ingrate Sylvie;
我已 一切 放弃 为了[-]忘恩负义的西尔维;
(为了忘恩负义的西尔维,我放弃了一切;)

elle me quitte et prend un autre amant.
她 [对我]离开 并 接受 一个另外的 情人。
(她离开了我并接受另一个情人。)

Plaisir d'amour ne dure qu'un moment;
爱情 …的 喜悦 [不] 持续 [只] 片刻;
(爱情的喜悦只能持续片刻;)

chagrin d'amour dure toute la vie.
忧伤 …的 爱情 持续 全部 [-] 生命。
(爱情的忧伤却要持续整个生命。)

"Tant que cette eau coulera doucement
"只要 这 流水 流淌 慢慢地
("只要这小河里的流水)

vers ce ruisseau qui borde la prairie,
朝 这 小河 [小河]沿着…[-] 草原…的边缘,
(沿着草原的边缘慢慢流淌,)

je t'aimerai!" me répétait Sylvie.
我 [对你]将爱!"[对我] 重复说 西尔维。
(我将爱你!"西尔维反复对我说。)

♪ 130 ♪

L'eau coule encor, elle a changé pourtant.
[-]流水 流淌 仍然， 她 已 改变 可是。
(河水仍在流淌,而她已经变了。)

Plaisir d'amour, ne dure qu'un moment;
爱情 …的喜悦 [不]持续 [只] 片刻;
(爱情的喜悦只能持续片刻;)

chagrin d'amour dure toute la vie.
忧伤 …的爱情 持续 全部 [-]生命。
(爱情的忧伤却要持续整个生命。)

Massenet
马斯内

Crépuscule
黄　　昏

Comme　un　rideau　sous　la　blancheur
　　像　　一片　帘幕　　在…　[-]　白色之下
(像一片白色的帘幕

De　leurs　pétales　rapprochées,
以　它们的˙花瓣　　　靠近的,
(收拢它们的花瓣,)

Les　lys　ont　enfermé　leur　coeur,　Les　coccinelles　sont　couchées.
那些百合花　已　　隐藏　它们的　心,　　那些　　瓢虫　　已　　入睡。
(百合花已藏起了花心,瓢虫都已入睡。)

Et　jusqu'au　rayon　matinal,　Au　coeur　même　des　lys　cachées,
而　　直到　　光芒　早晨的,　在　心　　本身　…的　百合花　遮盖的,
(直到晨曦再现,在百合花被遮盖的花心中,)

Comme　en　un　rêve　virginal　Les　coccinelles　sont　couchées,
　像　　在…一个梦中　纯洁的　[-]　　瓢虫　　　已　　入睡,
(那些瓢虫像是睡在一个纯洁的梦中,)

Les　lys　ne　dorment　qu'un　moment;
[-]百合花　不　　睡　　只　　一会儿;
(百合花只睡了一会儿;)

Veux-tu　pas　que　têtes　penchées,　Nous　causions　amoureusement?
愿意　你　不　[-]　头　倾斜的,　我们　交谈　　　多情地?
(你不愿低垂着脑袋,我们一起多情地交谈吗?)

Les　coccinelles　son　couchées.
某些　瓢虫　　已　　入睡。
(瓢虫都已入睡。)

Massenet
马斯内

Ouvre tes Yeux Bleus
睁开你蓝色的眼睛

Ouvre tes yeux bleus, ma mignonne: Voici le jour.
睁开   你的   眼睛   蓝色的,我的   宝贝: 这儿是 [-] 白天。
(睁开你蓝色的眼睛,我的宝贝:天已亮了。)

Déjà la fauvette fredonne Un chant d'amour.
已经 [-]   莺   歌唱   一首   歌曲 …的 爱情。
(莺已经在唱着爱情之歌了。)

L'aurore épanouit la rose:
[-] 曙光   使开放 [-] 玫瑰花:
(曙光使玫瑰花开放:)

Viens avec moi Cueillir la marguerite éclose.
来   和我 一起 采摘 [-]   雏菊   刚开的。
(来和我一起采摘初开的雏菊。)

Réveille-toi!
醒来   你!
(醒来吧!)

A quoi bon contempler la terre Et sa beauté?
有 多么   好   细心观察 [-] 大地 和 它的 美貌?
(凝视大地和它的美景该多么好?)

L'amour est un plus doux mystère Qu'un jour d'été;
[-] 爱情 是 一个 更 甜蜜的   奥秘   比 一   天 …的夏天;
(爱情是一个比夏日更为甜蜜的奥秘;)

C'est en moi que l'oiseau module Un chant vainqueur,
这是 在我心中 [-] [-] 鸟儿 抑扬啭鸣 一首 歌曲   得胜者的,
(这是我心中的鸟儿在啭鸣得胜者的歌,)

Et le grand soleil qui nous brûle Est dans mon coeur!
和 [-] 强烈的 太阳   [-] 把我们照热   是 在… 我的 心…中!
(把我们照得发热的,是我心中灼热的太阳!)

♪ 133 ♪

Paladilhe
帕拉迪勒

Psyché
西　谢

Je suis jaloux, Psyché, de toute la nature!
我　是　嫉妒的，　西谢，　对　整个　[-] 大自然!
(西谢,我嫉妒整个大自然!)

Les rayons de soleil vous baisent trop souvent,
[-] 光芒 …的 太阳 把您 吻 太 经常,
(阳光吻您太多,)

Vos cheveux souffrent trop les caresses du vent.
您的 头发 忍受 太多的 [-] 抚摸 …的 风。
(风抚摸您的头发太多。)

Quand il les flatte, j'en murmure!
当… 它[头发]抚摸时, 我为此 埋怨!
(当它抚摸您的头发时,我为此埋怨!)

L'air même que vous respirez
[-]空气 甚至 您 呼吸
(甚至您呼吸的空气

Avec trop de plaisir passe sur votre bouche.
有 太多 …的 喜悦 经过 在… 您的 嘴上。
(在经过您的嘴唇时还获得太多的快感。)

Votre habit de trop près vous touche!
您的 衣服 以 太 靠近 把您 接触!
(您的衣服挨着您那样近!)

Et sitôt que vous soupirez Je ne sais quoi qui m'effarouche
而且 就在… 您 叹息时 我 不 知道 什么[什么] 使我 惊动
(而且就在您叹息时,在一些迷路的叹息中

Craint, parmi vos soupirs, des soupirs égarés!
害怕, 在… 您的 叹息中, 一些 叹息 走错路的!
(不知道什么使我担惊受怕!)

Poulenc
普朗克

A sa Guitare
致 六 弦 琴

Ma guitare, je te chante, par qui seule je déçois,
我的 六弦琴, 我 对你 歌唱, 通过 [你] 唯独 我 欺骗,
(我的六弦琴,我对你歌唱.只有通过你我才能欺骗,)

Je romps, j'enchante Les amours que je reçois.
我 决裂, 我 迷惑 [那些] 情人 [-] 我 得到。
(我抛弃、我迷惑那些我得到的情人们。)

Au son de ton harmonie Je rafraichis ma chaleur,
随着声音 …的 你的 和声 我 唤醒 我的 热情,
(随着你的和声我唤醒我的热情,)

Ma chaleur, flamme infinie, Naissante d'un beau malheur.
我的 热情, 火焰 无止境的, 出生 于一个异常大的 灾难。
(我的热情,无止境的激情,出自一个极大的不幸。)

Ma guitare, je te chante, par qui seule je déçois,
我的 六弦琴, 我 对你 歌唱, 通过 [你] 唯独 我 欺骗,
(我的六弦琴,我对你歌唱.只有通过你我才能欺骗,)

Je romps, j'enchante Les amours que je reçois.
我 决裂, 我 迷惑 [那些] 情人 [-] 我 得到。
(我抛弃、我迷惑那些我得到的情人。)

♪ 135 ♪

Poulenc
普朗克

Chanson du Clair Tamis
筛 罗 之 歌

Où le bedeau a passé Dans les papaveracées,
那里[-]教堂执事 走过 在… [-] 罂粟地…里,
(教堂执事走过罂粟地,)

Où le bedeau a passé Passera le marguillier.
那里[-] 教堂执事 走过 经过 [-] 教堂职员。
(后面跟着教堂职员。)

Notre vidame est mort Les jolis yeux l'ont tué,
我们的主教代理官 已死 [-] 漂亮的 眼睛 把他 杀死。
(我们的主教代理官死了,被女人的眼睛杀死的。)

Pleurons son heureux sort En terre et enterré.
我们哭泣 他的 美满的 命运 在…地…上 并 埋葬。
(为他的美满命运哭泣吧,那个已经入土的人。)

Et la croix de Lorraine sur son pourpoint doré,
和 [-]十字勋章…的 洛林 在…他的 紧身上衣 镶金的,
(洛林勋章戴在他镶金的外衣上,)

Ils l'ont couché dans l'herbe Son grand sabre dessous,
他们 把他 已使躺下 在… [-]草坪下 他的 大 军刀 在下面,
(佩着军刀,他们把他埋在草坪下,)

Un oiseau dans les branches A crié: "Coucou",
一只 鸟 在… [-] 树枝中 叫着: "咕咕"。
(一只鸟在树上叫着:"咕咕"。)

C'est demain dimanche C'est fête chez nous,
这是 明天 星期日 这是 舞会 在我们那里,
(明天是星期日,我们举行舞会,)

Au son de la clarinette Le piston par en dessous.
随着声音 …的 [-] 单簧管 [-] 短号 从 在下面。
(随着单簧管和小号的乐声。)

La piquette, la musette Les plus vieux sont les plus saoûls.
[-] 酸酒, [-] 风笛舞 [-] 更 老的 是 [-] 更 陶醉。
(喝着酒,跳着舞,越老的人越陶醉。)

Grand'mère à cloche lunettes Sur ses jambes de vingt ans.
老祖母 戴着 钟形的 眼镜 在… 她们的 腿上 以 二十 岁。
(戴着老花镜的老奶奶像二十岁的姑娘那样跳舞。)

Vienne le printemps mignonne Vienne le printemps.
来到 [-] 春天 优美的 来到 [-] 春天。
(美妙的春天来了。)

Où la grenouille a passé sous les renonculacées,
那里 [-] 青蛙 走过 在… [-] 毛茛草下,
(毛茛丛里跳着青蛙,)

Où la grenouille a passé Passera le scarabée.
那里 [-] 青蛙 走过 经过 [-] 金龟子。
(后面跟着金龟子。)

Poulenc
普朗克

Chansons Gaillardes
放 纵 之 歌

1. La Maîtresse Volâge
水性杨花的情妇

Ma maîtresse est volage, mon rival est heureux:
我的 情妇 是 水性杨花, 我的 情敌 是 高兴:
(我的情妇水性杨花,我的情敌高兴:)

s'il a son pucelage, c'est qu'elle en avait deux.
如果有 她的 童贞, 那是 因为 她 [童贞]曾有 两个。
(如果她还有贞洁,那是因为她有两个。)

Et vogue la galère, tant qu'elle pourra voguer.
而 随它去吧, 只要 她 能够 划桨。
(那就随它去吧,只要她能荡来荡去。)

Ma maîtresse est volage, mon rival est heureux:
我的 情妇 是 水性杨花,我的 情敌 是 高兴:
(我的情妇水性杨花,我的情敌高兴:)

s'il a son pucelage, c'est qu'elle en avait deux.
如果有 她的 童贞, 那是 因为 她 [童贞]曾有 两个。
(如果她还有贞洁,那是因为她有两个。)

La, la, la. Et vogue la galère, tant qu'elle pourra voguer.
啦, 啦, 啦。 而 随它去吧, 只要 她 能够 划桨。
(啦,啦,啦。那就随它去吧,只要她能荡来荡去。)

2. Chanson à boire
饮 酒 歌

Les rois d'Egypte et de Syrie, voulaient qu'on embaumat leurs corps,
[-] 国王…的 埃及 和…的 叙利亚, 愿意 [-]人们用防腐香料保存他们的 尸体,
(埃及和叙利亚的国王们希望人们用防腐香料保存他们的尸体,)

pour durer, plus longtemps, morts.
为了 维持, 更 长时间, 尸体。
(为了让尸体保持得更久。)

Quelle folie! Buvons donc selon notre envie,
什么样的傻事! 我们喝酒 因此 根据 我们的 愿望,
(多么荒唐! 那么让我们随意喝酒,)

il faut boire et reboire encore.
必须 喝 和 再喝 又。
(一杯接一杯。)

Buvons donc toute notre vie, embaumons-nous avant la mort.
我们喝 因此 全部 我们的 生命, 使充满香气 我们 在… [-] 死亡之前。
(让我们一生一世喝酒,使我们在死去之前就充满香气。)

Embaumons-nous; que ce baume est doux.
使充满香气 我们; 多么 这 芳香植物 是 好闻的。
(使我们充满香气;这香味是多么好闻。)

Les rois d'Egypte et de Syrie, voulaient qu'on embaumat leurs corps,
[-] 国王…的 埃及 和 …的 叙利亚, 愿意 [-]人们用防腐香料保存他们的 尸体,
(埃及和叙利亚的国王们希望人们用防腐香料保存他们的尸体,)

pour durer, plus longtemps, morts.
为了 维持, 更 长时间, 尸体。
(为了让尸体保持得更久。)

3. Madrigal
牧　　歌

Vous êtes belle comme un ange, douce comme un petit mouton:
您 是 美丽的 像 一个 天使, 温柔的 像 一只 小的 绵羊:
(您美得像一个天使,温柔得像一只小绵羊:)

il n'est point de coeur, Jeanneton, qui sous votre loi né se range;
那里丝毫没有 …的 心肠, 小让内特, [您] 在…您的惯例下天生的 排列;
(您丝毫没有心肠,小让内特,您生来就是这样的;)

mais une fille sans téton, est une perdrix sans orange.
但是 一个 姑娘 没有 小脑袋,是 一 只 山鹑 没有 橙色。
(但是一个没有脑袋的姑娘只是一只没有橙色的山鹑。)

4. Invocation aux Parques
向帕尔卡神①的祈祷

Je jure, tant que je vivrai, de vous aimer Sylvie:
我 发誓, 只要 我 将活, 对 您 爱 西尔维:
(我发誓,只要我活着,我就要爱您西尔维:)

Parques, qui dans vos mains tenez le fil de notre vie,
帕尔卡神,[神] 在… 您的 手里 握着 [-]线 …的 我们的 生命,
(帕尔卡神,您的手掌握着我们的生命,)

allongez, tant que vous pourrez, le mien, je vous en prie.
您延长, 只要 您 能够, [生命]我的, 我 对您 [为此]恳求。
(只要您能够,请您延长我的生命,我恳求您。)

5. Couplets Bachiques
酒神巴克科斯的小曲

Je suis tant que dure le jour, et grave et badin tour à tour.
我 是 如此的 痛苦 [-] 一天, 并 认真的 和 淘气的 依次地。
(我整天如此痛苦,忽而老实,忽而放荡。)

Quand je vois un flacon sans vin, je suis grave,
当… 我 看见 一个 小瓶时 没有 酒, 我 是 认真的,
(当我看见小瓶里没有酒,我就老实,)

Est-il tout plein, je suis badin.
是 它 完全 满的, 我 是 淘气的。
(如果它装满了酒,我就放荡。)

Je suis tant que dure le jour, et grave et badin tour à tour.
我 是 如此的 痛苦 [-] 一天, 并 认真的 和 淘气的 依次地。
(我整天如此痛苦,忽而老实,忽而放荡。)

---

① 掌生、死、命运的三女神之一。

Quand ma femme me tient au lit, je suis sage toute la nuit.
　当… 我的 妻子 把我 保持在…床上时,我 是 老实的 整个 [-] 夜晚。
(当我妻子同我睡在床上,我整夜都老实。)

Si catin au lit me tient; alors je suis badin.
如果婊子在… 床上 我 保持; 那么 我 是 淘气的。
(如果婊子和我同床,那么我就放荡。)

Ah! belle hôtesse, versez-moi du vin, je suis badin.
啊! 美丽的 女主人, 您倒 为我 [-] 酒, 我 是 淘气的。
(啊! 美丽的女主人,给我倒酒,我放荡。)

Je suis tant que dure le jour, et grave et badin tour à tour.
我 是 如此的 痛苦 [-] 一天,并 认真的 和 淘气的 依次地。
(我整天如此痛苦,忽而老实,忽而放荡。)

Quand ma femme me tient au lit, je suis sage toute la nuit.
　当… 我的 妻子 把我 保持在…床上时,我 是 老实的 整个 [-] 夜晚。
(当我妻子同我睡在床上,我整夜都老实。)

La, la, la, la.
啦, 啦, 啦, 啦。
(啦,啦,啦,啦。)

6. L'Offrande
祭　品

Au Dieu d'Amour, une pucelle offrit un jour une chandelle,
向 神 …的 爱情, 一个 少女 奉献 一 天 一根 蜡烛,
(一天,一个少女向爱之神奉献一根蜡烛,)

pour en obtenir un amant.
为了 由此 得到 一个 情人。
(为了由此找到一个情人。)

Le Dieu sourit de sa demande, et lui dit:
[-] 爱神 微笑 对 她的 请求, 并 对她 说:
(爱神对她的请求笑着说:)

Belle, en attendant, servez-vous toujours de l'offrande.
美人, 对此 等待着, 送上 您 总是 以 [-] 祭品。
(美人,等着吧,您总是奉献祭品的吗。)

Ha!
哈!
(哈!)

7. La Belle Jeunesse
美好的青年时代

Il faut s'aimer toujours, et ne s'épouser guère.
必须 爱自己 永远, 并 不 结婚 许多。
(永远自爱,不要结婚。)

Il faut faire l'amour, sans curé ni notaire.
必须 进行 [-] 恋爱, 没有 神甫 也不 公证人。
(要谈情说爱,但没有神甫也不要公证人。)

Cessez, messieurs, d'être épouseurs,
停止, 先生们, 成为 求婚者,
(先生们,不要去做求婚者,)

ne visez qu'aux tirelires, ne visez qu'aux tourelours.
不 涉及 [-] 向 储蓄箱, 不 涉及 [-] 向 塔状物。
(不要追求积蓄,也不要追求钱财。)

Cessez, messieurs, d'être épouseurs; ne visez qu'aux coeurs.
停止, 先生们, 成为 求婚者; 不 涉及 [-] 向 内心深处。
(先生们,不要去做求婚者;不要真正动心。)

La, la, la, la. Cessez, messieurs, d'être épouseurs.
啦, 啦, 啦, 啦。 停止, 先生们, 成为 求婚者。
(啦,啦,啦,啦。先生们,不要去做求婚者。)

Holà, messieurs, ne visez plus qu'aux coeurs.
喂, 先生们, 不 涉及 更多 [-] 向 内心深处。
(喂,先生们,不要真正动心。)

Pourquoi se marier, quand les femmes des autres,
为什么　　结婚，　　当　那些　妻子们　…的　别人的，
(为什么要结婚,当那些别人的妻子

ne se font pas prier pour devenir les nôtres.
不　使自己被　[-]　恳求　为了　变成　[妻子] 我们的。
(并不要求变成我们的妻子。)

Quand leurs ardeurs, quand leurs faveurs,
当　她们的　热情，　当　她们的　宠爱，
(当她们的热情和宠爱

cherchent nos tirelires, cherchent nos tourelours; cherchent nos coeurs.
寻求　我们的 储蓄箱，　寻求　我们的　塔状物;　寻求　我们的　内心。
(是在寻求我们的积蓄、钱财、我们的内心。)

Il faut aimer toujours, Et ne s'épouser guère,
必须　爱自己　永远，　并 不　结婚　许多。
(永远自爱,不要结婚。)

Il faut faire l'amour sans curé ni notaire.
必须　进行 [-] 恋爱，没有　神甫 也不 公证人。
(要谈情说爱,但没有神甫也不要公证人。)

Cessez, messieurs, d'être épouseurs.
停止，　先生们，　成为　求婚者,
(先生们,不要去做求婚者,)

La, la, la, la. Cessez, messieurs d'être épouseurs.
啦，啦，啦，啦。停止，　先生们，　成为　求婚者。
(啦,啦,啦,啦。先生们,不要去做求婚者。)

Holà, messieurs, ne visez plus qu'aux coeurs.
喂，　先生们，　不 涉及 更多 [-] 向　内心深处。
(喂,先生们,不要真正动心。)

8. Sérénade
小 夜 曲

Avec une si belle main, que servent tant de charmes,
具有 一双 如此美的　手，[手] 支持　如此 以　魅力,
(具有如此优美的一双手,如此可爱,)

que vous devez, du Dieu malin, bien manier les armes!
〔手〕你们 应当， 以…上帝 聪明的…为名,好好 运用 那些 武器!
(以聪明的上帝为名,你们应当好好地运用那些武器!)

Et quand cet Enfant est chagrin, bien essuyer ses larmes.La, la, la, la.
而 当… 这 孩子 是 悲伤时， 好好 擦干 他的 眼泪。啦， 啦， 啦， 啦。
(而当这孩子悲伤时,好好地擦干他的眼泪。啦,啦,啦,啦。)

Poulenc
普朗克

Dernier poème
最 后 的 诗

J'ai rêvé tellement fort de toi,
我曾 梦见 如此 大量地 关于你,
(我曾多次梦见你,)

J'ai tellement marché, tellement parlé,
我曾 如此 走, 如此 说,
(我曾那样走路,那样说话,)

Tellement aimé ton ombre, Qu'il ne me reste plus rien de toi.
如此 爱你的 影子, 以致[-]不 使我 停留 再 没有 你。
(那样爱你的影子.以致没有你我就不得安宁。)

Il me reste d'être l'ombre parmi les ombres,
[-]对我 保持 作为 [-] 阴影 在… [-] 阴影…,
(在你充满阳光的生活里,我只不过是阴影里的阴影、)

D'être cent fois plus ombre que l'ombre,
作为 一百 次 更 阴暗 比 [-] 阴影,
(是比一百倍更暗的阴影、)

D'être l'ombre qui viendra et reviendra dans ta vie ensoleillée.
作为 [-] 阴影 [阴影] 来到 和 再来到 在…你的生活里 充满阳光的。
(是来来回回的阴影。)

J'ai rêvé tellement fort de toi,
我曾 梦见 如此 大量地 关于你,
(我曾多次梦见你,)

J'ai tellement marché, tellement parlé,
我曾 如此 走, 如此 说,
(我曾那样走路,那样说话,)

Tellement aimé ton ombre, Qu'il ne me reste plus rien de toi.
如此 爱你的 影子, 以致[-]不 使我 停留 再 没有 你。
(那样爱你的影子.以致没有你我就不得安宁。)

Poulenc
普朗克

Le mendiant
乞　丐

Jean Martin prit sa besace, Vive le passant qui passe,
让·马丹　拿着 他的　褡裢　万岁 [-] 过路人 [-] 路过,
(让·马丹背着他的褡裢,祝福着过路人,)

Jean Martin prit sa besace, Son baton de cornouiller.
让·马丹　拿着 他的　褡裢,　他的　棍棒 …的 欧亚山茱萸树。
(让·马丹背着他的褡裢和他的硬木棍棒。)

S'en fut au moutier mendier, Vive le passant qui passe,
他自己进行到[-] 修道院　行乞,　万岁 [-] 过路人 [-]　路过,
(他到修道院去行乞,祝福着过路人,)

S'en fut au moutier mendier S'en fut mendier.
他自己进行到[-] 修道院　行乞,　他自己进行　行乞。
(他到修道院去行乞。)

Va-t'en, dit le père moine, N'aimons pas les vanupieds.
　滚开,　说 [-] 神甫 修道士, 不 我们喜欢 [-] [-]　叫化子。
(滚开,修道士神父说,我们不喜欢叫化子。)

S'en fut en ville mendier, Vive le passant qui passe.
他自己进行到　城市　行乞,　万岁 [-] 过路人 [-]　路过,
(他到城市里去行乞,祝福着过路人,)

épiciers et taverniers Qui mangez la soupe grasse,
杂货店主 和 饭店老板 [-] 你们˙吃 [-] 浓汤　油腻的,
(那些大吃大喝的杂货店主和饭店老板们,)

Et qui vous chauffez les pieds,
并 [-]　你们取暖　[-]　脚,
(暖着他们的双脚,)

Puis couchez près de vos femmes Au clair feu de la veillée.
然后　睡觉　靠近 你们的　妻子 在…明亮的火旁 …的 [-] 晚上。
(到了晚上,挨着他们的妻子,在烧红的炉火旁睡觉。)

♪ 146 ♪

Jean Martin, l'avez chassé, Vive le passant qui passe.
让·马丹, 把他 你们赶走, 万岁 [-] 过路人 [-] 路过。
(他们赶走了让·马丹,让·马丹祝福着过路人。)

On l'a trouvé sur la glace Jean Martin a trépassé.
人们把他 发现 在…[-] 冰上 让·马丹 已死。
(人们发现让·马丹已经死在冰天雪地里。)

Tremblez les gros et les moines, Vive le passant qui passe,
你们颤抖 [-] 富人们 和 [-] 修道士们,万岁 [-] 过路人 [-] 路过,
(颤抖吧,富人和僧侣们,祝福着过路人,)

Tremblez ah maudite race Qui n'avez point de pitié!
你们颤抖 啊 该死的 一伙人 [你们] 没有 一点 恻隐之心!
(颤抖吧,啊,你们这些没有一点恻隐之心的该死的人们!)

Un jour prenez garde ô race,
一 天 你们提防 噢 一伙人,
(总有一天,你们这伙人要提防,)

Les, Jean Martin seront en masse.
他们, 让·马丹 将是 大批的。
(他们,让·马丹将成群结队。)

Aux batons de cornouiller Ils vous crèv'ront la paillasse,
拿着 棍棒 …的 欧亚山茱萸树 他们使你们 将断气 [-] 草垫,
(拿着硬木棍棒,他们将用草垫把你们憋死,)

Puis ils violeront vos garces Et chausseront vos souliers.
然后 他们 将强奸 你们的 女人 和 将穿鞋 你们的 皮鞋。
(然后他们将强奸你们的女人并穿上你们的鞋。)

Jean Martin Prends ta besace, Ton baton de Cornouiller.
让·马丹 拿着 你的 褡裢, 你的 棍棒 …的 欧亚山茱萸树。
(让·马丹背着你的褡裢和你的硬木棍棒。)

注：从这里开始,歌曲的主人公为强调对富人和修道士们的语气,使用第二人称动词,但叙述的内容却仍是第三人称,因此第三行的译词还是用第三人称复数。

Poulenc
普朗克

Le Portrait
画　　像

Belle,　méchante,　menteuse,　injuste,
美丽的、　恶毒的、　爱说谎的、不公正的、
(你美丽、恶毒、爱说谎、不公正,)

plus　changeante　que　le　vent　d'avril,
更　　多变的　　比　[-]　风 …的四月,
(比四月的风还要多变,)

tu　pleures　de　joie,　tu　ris　de　colère,
你　哭泣　以　欢乐,　你　笑　以　怒气、
(你欢乐时哭泣、你发怒时微笑,)

tu　m'aimes　quand　je　te　fais　mal,
你对我 爱　　当　我 对你 做　坏事,
(我对你不好时,你却爱我,)

tu　te　moques　de　moi　quand　je　suis　bon.
你　嘲笑　　于　我　当　我　是　善良的。
(当我好端端的,你却嘲笑我。)

Tu　m'as　à　peine　dit　merci　lorsque　je　t'ai　donné　le　beau　collier,
你 对我曾　勉强　说　感谢　当… 我 对你曾 给　[-]漂亮的项链…时,
(当我给你那串漂亮的项链时,你勉强地说了声谢谢,)

mais　tu　as　rougi　de　plaisir　comme　une　petite　fille,
但　你 曾 脸红 以　喜悦　像　一个　小　姑娘,
(但作为礼物我送你这块手绢的那一天,)

le　jour　où　je　t'ai　fait　cadeau　de　ce　mouchoir
那　天　在… 我对你曾作为　礼物　以　这　手绢
(你却高兴得像小姑娘那样害羞,)

et　tous　disent　de　toi: "C'est　à　n'y　rien　comprendre!"
而 全部　说 从 你:"这是　一点儿也不　　理解!"
(你说的话只是:"我一点儿也不明白!")

♪ 148 ♪

Mais je t'ai, un jour, volé ce mouchoir
但　我 对你曾, 一　天,　抢劫 这块　手绢
(但有一天,我想从你那里抢过这块手绢,)

que tu venais de presser sur ta bouche fardée
［手绢］你　　刚刚　　　压　　在…你的 嘴上　化妆的
(你刚刚压在你化了妆的嘴上的手绢,)

Et, avant que tu ne me l'aies enlevé d'un coup de griffe
而,　　在…前　　你 没有对我把它曾　举起　以　　　恶意攻击
(而在你还没有来得及举起手绢中伤我时,)

j'ai eu le temps de voir que ta bouche venait d'y peindre,
我已 有 ［-］时间　去 看见 ［-］你的　嘴　刚刚　在那里 涂抹
(我已经看见你的嘴在手绢上涂上了)

rouge, naïf, dessiné à ravir, simple et pur,
红色的,朴实的, 画出的　妙不可言, 单纯的　和 纯洁的,
(令人神往地画出的红色,朴实、单纯而纯洁的色彩,)

Le portrait même de ton coeur.
［-］　画像　　同样　…的 你的　心。
(和你的心一样的画像。)

Ravel
拉威尔

Don Quichotte à Dulcinée
堂吉诃德致达西尼亚

1. Chanson romanesque
浪 漫 曲

Si vous me disiez que la terre A tant tourner vous offensa,
如果 您 对我 说 [-] [-] 大地 曾 如此 旋转 把您 得罪,
(如果您对我说,大地这样地旋转使您不愉快,)

Je lui dépecherais Pança: Vous la verriez fixe et se taire.
我 向它 将急遣 邦萨: 您[大地] 将看见 不动 和 停止。
(我将立即派遣邦萨去,您将看到大地停止转动。)

Si vous me disiez que l'ennui Vous vient du ciel trop fleuri d'astres,
如果 您 对我 说 [-] [-]烦恼 向您 来到 从 天空 过多地 繁荣 以 星星,
(如果您对我说天上的点点繁星多得使您烦恼,)

Déchirant les divins cadastres, Je faucherais d'un coup la nuit.
分裂 [-] 神圣的 地籍, 我 将横扫 一下子 [-] 夜晚。
(我将在一夜之间横扫神圣的天地之界使之分裂。)

Si vous me disiez que l'espace Ainsi vidé ne vous plait point,
如果 您 对我 说 [-] [-] 宇宙 如此 空的 [不] 使您 喜欢 毫不,
(如果您对我说空荡荡的宇宙一点都不讨您喜欢,)

Chevalier-dieu, la lance au poing, J'étoilerais le vent qui passe.
骑士 神化的,[-] 长矛 在…拳中,我将布满星星 [-] 风 [风] 通过。
(神化的骑士,长矛在握,我将把过路的风刺碎。)

Mais si vous disiez que mon sang Est plus à moi qu'à vous, ma Dame,
但是 如果 您 说 [-]我的 血 是 多 于 我 比 于 您, 我的 夫人,
(但是如果您说我的血比您的血多,我的夫人,)

Je blémirais dessous le blame Et je mourrait, vous bénissant.
我 将变成灰白 在… [-] 指责下 并 我 将死, 为您 祝福。
(在这指责下,我将变得脸色苍白并将祝福着您而死去。)

O Dulcinée!
噢 达西尼亚!
(噢达西尼亚!)

2. Chanson épique
史诗曲

Bon Saint Michel qui me donnez loisir De voir ma Dâme et de l'entendre,
仁慈的 圣 米歇尔 [-] 对我 给 空闲 去 看 我的 夫人 和 去 对她 倾听,
(仁慈的圣米歇尔,请给我时间去看望我的情人并听她谈话,)

Bon Saint Michel qui me daignez choisir Pour lui complaire et la défendre,
仁慈的 圣 米歇尔 [-] 对我 俯允 选择 为了 对她 奉承 和 把她 保护,
(仁慈的圣米歇尔,请允许我有机会去侍奉和保护她,)

Bon Saint Michel veuillez descendre
仁慈的 圣 米歇尔 您愿意 降临
(仁慈的圣米歇尔,愿您和圣乔治一起降临,)

Avec Saint Georges sur l'autel De la Madone au bleu mantel.
 与 圣 乔治 靠近 [-]祭台 …的[-] 圣母玛利亚 穿着蓝色的 斗篷。
(靠近身披蓝色斗篷的圣母玛利亚的祭台。)

D'un rayon du ciel bénissez ma lame
以一线 光亮 从 天空 您祝福 我的 剑
(愿您用从天而降的光芒祝福我的剑

Et son égale en pureté Et son égale en piété
和 它的 同等物 纯洁 和 它的 同等物 虔诚
(和它的纯洁和虔诚,)

Comme en pudeur et chasteté, Ma Dame,
 以及 廉耻心 和 贞洁, 我的 夫人,
(以及廉耻心和贞洁,我的夫人,)

O grands Saint Georges et Saint Michel!
噢 伟大的 圣 乔治 和 圣 米歇尔!
(噢,伟大的圣乔治和圣米歇尔!)

L'ange qui veille sur ma veille,
[-]天使 [她] 守护 在…我的 守护上,
(天使守护着我对你的看护,)

Ma douce Dame si pareille A Vous, Madonne au bleu mantel! Amen.
我的 温柔的 夫人 如此 相似的 与 您，圣母玛利亚 穿着 蓝色的 斗篷！ 阿门。
(我温柔的情人与您如此相像,身披蓝色斗篷的圣母玛利亚! 阿门。)

3. Chanson à Boire
祝 酒 曲

Foin du batard, illustre Dame, Qui pour me perdre à vos doux yeux
见鬼 关于 私生子，卓越的 夫人， [他] 为 使我 晕头转向 于 您的 甜蜜的 眼睛
(夫人,让那混蛋见鬼去吧,他为了使我在您甜蜜的目光下晕头转向)

Dit que l'amour et le vin vieux
说 [-] [-] 爱情 和 [-] 酒 陈年的
(说什么爱情和陈酒

Mettent en deuil mon coeur, mon âme! Ah!
带来 戴孝 我的 心， 我的 灵魂！ 啊！
(会给我的心和灵魂带来忧伤! 啊!)

Je bois A la joie!
我 喝酒 为 [-] 快乐!
(我为快乐而痛饮!)

La joie est le seul but Où je vais droit lorsque j'ai bu!
[-] 快乐 是 [-] 唯一的 目的 那里 我 走 径直的 当… 我已 喝酒!
(快乐是唯一的目标,一旦我喝过酒就径直奔向这个目标!)

Ah! ah! ah! la joie! La...la...la... Je bois A la joie!
啊! 啊! 啊! [-] 快乐! 啦…啦…啦… 我 喝酒 为 [-] 快乐!
(啊! 啊! 啊! 快乐! 啦…啦…啦…我为快乐而痛饮!)

Foin du jaloux, brune maîtresse, Qui geind, qui pleure et fait serment
见鬼 关于 妒忌者，棕发的 情人， [他]唉声叹气,[他] 哭泣 和 做 誓言
(棕发的情人,让妒忌者见鬼去吧,他唉声叹气、哭泣和发誓,)

D'être toujours ce pâle amant Qui met de l'eau dans son ivresse! Ah!
[-] 是 永远 这个苍白的 情人 [他] 放 以 [-] 水 在… 他的 酒醉中! 啊!
(他总是那种失败的情人,他把清水放在美酒中,不能尽情欢乐! 啊!)

Je bois A la joie!
我 喝酒 为 ［-］ 快乐!
(我为快乐而痛饮!)

La joie est le seul but Où je vais droit lorsque j'ai bu!
［-］快乐 是 ［-］唯一的目的 那里 我 走 径直的 当… 我已 喝酒!
(快乐是唯一的目标,一旦我喝过酒就径直奔向这个目标!)

Ah! ah! ah! la joie! La...la...la... Je bois A la joie!
啊! 啊! 啊! ［-］快乐! 啦…啦…啦… 我 喝酒 为 ［-］快乐!
(啊! 啊! 啊! 快乐! 啦…啦…啦…我为快乐而痛饮!)